ちくま文庫

無限の玄／風下の朱

古谷田奈月

筑摩書房

目次

無限の玄

月夜野《つきよの》で死んだ。

ここ最近の本人の様子、あるいは現時点の状況で何か不審に感じることはあるかと刑事に聞かれたとき、まずそのことが浮かんだ。家というものを嫌うあまり放浪生活を続けた父が、それでも唯一「帰る」と表現できる場所、どこにいても六月には必ず戻る生家で死ぬというのは、どうも感傷的すぎる気がした。それも、父一人が予定より五日も早く月夜野入りしたのだ。まるで死期を悟って死にに帰ったかのようだが、その手の望郷は父に限ってあり得なかった。

刑事には、しかし、結局そうは言わなかった。本田という名のその刑事は兄と同じ三十代半ばと思しき年頃の男で、リビング中央に倒れた父の体をざっと調べ、縁側の隅に転がっていたロックグラスを拾い上げると、滑って頭を強打したか脳卒中を起こしたのだろうと言った。検視官は死後二日経っていると見積もった。

リビングのソファに兄と僕と千尋《ちひろ》を横並びに座らせると、本田は向かいに一人だけで腰を下ろして、必要な手順なのでと断ってから事情聴取を始めた。誰かに電話をかけながら二階へ向かう叔父のことは、ちょっと目で追っただけで逃がした。

言葉少なに弔意を示してから、「おいくつですか？」と本田はまず言った。

「二十八」千尋がすぐにそう答え、「六十三」と踏みつけるように兄が答え直した。

二人のあいだで曖昧な笑みを浮かべた僕に本田は鋭い一瞥をくれ、「ご病気などは？」

さあ、と兄は硬い声で返した。「何かあったのかもしれないけど、本人も知らなかったと思う。具合が悪くても黙ってるか、自分でも気付かないタイプだったから」

「ずっとお一人で？」

「おひとり？」不意に、声がいきり立った。いや、としかしすぐに静まって、「一人じゃない。いつも俺たちと一緒だった」と兄は答えた。「この家はもともと俺たちの爺さんの家で、今は親父と、叔父と、俺たちの五人で住んでるんだ。住んでる、というか年に一度、こうして帰るだけだけど。というのは、爺さんが若い頃に始めたブルーグラスバンドを家族みんなで引き継いでて――ブルーグラスって、カントリーミュージックに似てる、古臭い音楽なんだけど――それが野外演奏中心で、全国あちこち回ってるもんで、この家にいるのは毎年だいたいこの時期だけなんだ。六月いっぱい、長いときは七月の半ばまでここで休んで、夏になったらまた次のツアーに出る。繰り返しだよ」そこで兄はふと気付いて、自分が死んだ玄《げん》の長男の律《りつ》で、僕が次男の桂《けい》、千尋は叔父の喬《たかし》の息子だと説明した。

本田は頷き、質問を続けた。「今回、お父さんだけ先に戻られたのは？」

「たまたまとしか言えない。ライブスケジュールは消化してたから、バンドとしてはもう帰るだけだった。でも俺と弟たちは横浜のラジオ局に呼んでもらってたし、叔父も都内で人と会う約束があった。叔父は別で作曲の仕事もやってるんで、その関係で。だから親父だけ先に新宿からバスで帰ったんだ。俺たちより……」

兄を見つめる本田を見つめ、僕は呟いた。「五日早く」

「五日早く」視界の左端で、兄は頷いた。「車のエアコンが壊れてからずっとイラついてたし、俺たちの予定に振り回されるのも気に入らなかったんだと思う。疲れてたんだろうな」

本田は何やら手帳に書き留めながら、「そのとき、何か様子がおかしいと感じました？」

「様子は常におかしかったよ。そのときに限らず」僕と千尋はそこで儀礼的に笑ったが、「今の質問がもし、自殺の線も考えてるって意味なら――」と兄は表情を変えずに続けた。「探るだけ無駄だと思いますよ。うちの親父は自殺するほど感傷的にはなれない。その点に関しちゃ病気だったと断言できるな。アレルギー体質だったんだよ」足を組み、兄は初めて刑事に笑いかけた。「玄がアレルギーを起こすのはこの三つだ。センチメンタリズム、ロマンティシズム、それからノスタルジー」

僕と同じ違和感を、兄も抱いていたのかもしれない。その思いは、しかし安堵ではなく漠然とした不安に通じた。うつむくと、右隣に座る千尋の左手が目に入った。膝の上に投げ出されたその手の、黒い梵字の彫られた指が、一瞬、震えたように見えた。

顔を上げると、いきなり本田と目が合った。怯んだが顔には出さなかった。彼は目だけをゆっくりと左右に動かし、兄と千尋も同様に見、静かに息を吐きながらペンを内ポケットにしまった。

父の死に事件性はないという最初の見立てを、本田は結局変えなかった。正確な死因は詳しい検査で明らかになるだろうと言い残し、父の遺体を連れ、一時間ばかりで引き上げていった。

「お前らはどうだか知らんが、俺は自分の親父が嫌いだ」

子供の頃、千尋が泊まりに来た晩などによく、父はそう話した。小さな明かりを一つだけつけた子供部屋に、父のだみ声はよく馴染んだ。

「俺の親父には昔っからヒッピーじみたところがあって、家にわんさと連れてくる音楽仲間もまさにその類だった。ヒッピーじみた感じって、お前らわかるか。こうダルい感じの服を着て、手首にわさっとヘンプアクセサリーをつけてよ、生まれる前からの友達って感じに話しかけてくるんだ。調子どうだ、げーん？ ごきげんかよ、げーん？」

僕と千尋は二段ベッドの上段で、兄は下段でケラケラ笑い、げーん、げーん、と真似た。

「イラつく連中だよ」父も笑った。兄の勉強机に腰掛けた父の笑顔が――若い頃の喧嘩で折ったという左上の犬歯の、その黒くぽっかりと空いた穴が、ベッドの柵越しに見えていた。「ミュージシャンってのはだいたいそうだ。愛と平和を信じてる。音楽は人と人とを繋ぐためのもんだと心の底から信じてるんだ。だから連中がげーんげーんと酒を飲み、煙草を吸い、べちゃべちゃと喋《しゃべ》くったあとで始める演奏はいつだってゲロの臭いがした。自分で吐いた息を自分で吸って生きてる連中の音だ。俺はそういう中でギターを覚えた。とんでもねえ地獄にいるぞと、自分でちゃんと気付くまでな」

父の声から上っ調子がなくなっていくのに合わせ、僕らの笑いもおさまった。部屋の暗さまで深まったのか、父の顔も、もう表情までは見取れなかった。「誰かが弦をはじいたらセッションの始まり」と、その暗さに見合う声で父は囁《ささや》いた。「あの胸糞悪い文化のために親父は辺鄙な場所に家を建て、俺と喬に音楽を教えた。愛と平和、夢、希望、生まれてきたことの喜び。親父がそう呼んで信じる、でも俺には毒でしかなかったものを長年与えられて育った。奴はとうとう理解しなかったが、俺がギターを覚えたのは音楽を愛したからじゃない。俺のギターと親父のマンドリンは常に別の場所で鳴る。俺は音楽が嫌いだ。俺は家が嫌いだ。俺は親父が嫌いだ」

最後はどこか詩のように、言葉の繋がりがおぼろになるのが、僕らに眠りの時を告げた。

明かりを消すと、父は暗闇から手を伸ばしてきた。僕はその大きな手が頬に触れるが早いか指に噛みつき、それからすぐ、父が叩きやすいよう頭を差し出した。隣の千尋は僕らがたてる物音を笑い、自分は素直に撫でられた。下の段の兄はたぶん、胸の上に手を置かれるか、闇越しに無言のメッセージを受け取っていた。おやすみがわりに父はいつも、ぎくりとするほどの命令口調でこう言った。いい夢見ろよ。

その父が死んだ。窓から差し込む午前十一時の光を浴び、白濁した目には瞳孔がなく、萎《しぼ》んだ唇は内側に巻かれ、リビングの中央に仰向けに倒れた体はどこも乾ききっていた。

あんな姿をこれまで一度も見たことがないのになぜ父だとわかったのだろうと、叔父と兄が刑事たちを見送りに行き、千尋と二人だけになったリビングで、僕は発見時のことを思い出していた。誰も驚かず、ただ黙って、四人でしばらく父を取り囲んでいた。いつ死んでもおかしくない人間だという了承は父以下全員にもうずっと前からあったが、僕らにそう思わせた日頃の激しさ――誰彼構わず喧嘩をふっかける、興奮すると屋根からでも、走行中の車からでも飛び降りる――を思うと、予想外に静かな死だった。

そこで偶然、同時にふうとため息をつき、千尋と顔を見合わせた。いくらか血の気のないほかは、普段と別段変わりのないそばかす面だった。ただ少し頼りなげに、じっとこちらを見つめてくるのは、おそらく目下の振る舞いについて――しんみりすべきか、明るく笑うか――迷っているためだった。僕に合わせようという受け身の意思が見て取れ、同じ意思でもって僕は兄の姿を探したが、ちょうど叔父と一緒に玄関のほうから戻ってきた兄はしかしこちらには目もくれずに何やらぼそぼそ喋りながら隣の和室へ入っていった。

「一人だったな」結局、千尋が先に口を開いた。「刑事ってのは、俺は、絶対に二人組なんだと思ってた」

「誰も組んでくれないんじゃねえか」僕が言うと、千尋は低く笑った。「それより、俺は全員しょっ引かれるかと思った」

「ああ、俺も思った」

「なんでそうならなかったんだろう」

「満室なんじゃねえか」今度は僕が笑った。

それから千尋は寝起きのように伸びをして、さて、やるかあと大声を出した。それを聞いて僕はようやく、自分たちが長旅から帰ってきたばかりであることを思い出した。戻ったばかりの家では、休息より先に仕事が待っている。窓という窓を開け、埃を追い出さねばならない。布団を干し、家具や床を拭かねばならない。台所から虫を、換気扇から鳥を、ガレージから蝙蝠《こうもり》を追い払わねばならないのだ。

確認してみるまでもなく、父はそうした仕事にいっさい手を付けていなかった。帰ってから死ぬまでの三日間、必要最小限の範囲で小ぢんまりと生活していたようで、ポストの中の郵便物さえ取り出していなかった。しかし例年どおりのその作業に取りかかってみると、父の死によって一瞬、確実に硬直した時間が、再び巡り始めるのを感じて僕はたちまち調子が良くなった。今夜自分たちが眠るために、僕と千尋は景気よく家を起こし始めた。

《さあ船出だ　ヨーソロー》キャンピングカーから叔父のウッドベースを運び出しながら、僕は歌った。《ヨーソロー　ヨーソロー》と先を行く千尋もすぐ乗って、それしか歌詞のないその歌を僕らは延々歌い続けた――《さあ船出だ　ヨーソロー　ヨーソロー　ヨーソロー！》

ダイニングを通り、休暇中の練習場所になるリビングに入ると、おい玄さんを踏んでるぞと千尋が言った。父の死に場所は踏んではいけないというルールがその一言でできあがったが、お前ら喪服なんて持ってたかと言いながら和室から出てきた叔父がまさにその場所で立ち止まったので、ああもう、あーあー、と僕らは笑った。

その笑い声の中、最初に楽器を手にしたのは兄だった。襖越しに聴いていたらしい『ヨーソロー』をフィドルでやりだし、「ビール出せ、ビール」と言った。そしてとうとう、周知のことではあるがどこか曖昧に揺れていた事実を、突き立てるように宣告した。「玄が死んだぞ！」

僕と千尋は歓声をあげた。車の冷蔵庫から運んできたばかりの小瓶を五本、カウンターに並べて栓を抜き、叔父に一本渡したほかは自分たちで持って打ち合わせた――玄さん、おめでとう！　それから兄に加わって、考え得る中でもっとも激しいやり方で『ヨーソロー』を荒らした。転がる車輪、賑やかし、僕と千尋のバンジョーの、それが元来の役割でもあった。

《さあ船出だ　ヨーソロー》僕と千尋は大声を張り上げた。《ごきげんかよ　げーん？》

兄は帰ってきてから初めて声に出して笑い、それでも決して弾くのをやめず、二頭立て馬車の御者のように僕らを次の曲へ誘導した。飲む時間を作れ、ビールがぬるくなると僕らが文句を言うとますます嬉しそうにした。叔父はなかなか演奏に加わろうとしなかったが、夕方近くになると誰に相談することもなく特上の寿司を取り、それにつられてやっと楽器を手放した僕らに、また喪服の話をするかと思ったらこう言った。

きのう完成した新曲を聴くか？

祖父が静かな月夜野の、この利根川沿いに家を求めた心そのものの晩だった。弦の音はいつまでも響き、歌声と、笑い声を絡げて遠く赤城山まで伸びた。一度も会ったことのない祖父を思うことを、父が憎むたびに不思議と募った親しみを、父にはもうどうすることもできないのだと思うと嬉しかった。

祖父の作った百弦《ひゃくげん》という名のストリングバンドは、本来は叔父に——叔父だけに——託されたものらしい。祖父は国内のブルーグラス界では名のあるフラットマンドリン奏者だったが、叔父はおそらくその祖父以上に音楽的才能に恵まれた人で、父の証言によると、音大に入る頃には弦楽器に限らずほとんどすべての楽器を演奏できたということだ。その後興味は作曲に向き、父曰く「芸能業界というダークサイドで荒稼ぎすべく」歌手やアイドルグループに楽曲を提供するようになったが、亡くなる直前の祖父からバンド相続の件を持ちかけられるとあっさり承諾したという。

「だって本業にする気はなかったからな」叔父はそう言っていた。「親父は入院をきっかけに音楽事務所との契約を切ってたから、それならのんびりやれると思ったし、家や土地なんかよりそういう実体のない、曖昧なものを受け継ぐほうがおもしろい気がしたんだよ」

そこに父が転がり込み、当然の顔でリーダーの座に就いた。不思議に思ったと叔父は言う。父がなんのあてもないまま十八で生家を出ていったのは、叔父の理解では、祖父と祖父の音楽から離れるためだった。根本から性質の違う二人が日々激しくぶつかり合うのを見て、そのほうがいいとも思った。以来、父は盆にも正月にも帰らず、病床の祖父に会いにも行かず、葬儀では喪主も名ばかり、会場裏で煙草ばかり吸っていた。だからその葬儀のあと、ヒッピーどもは締め出すぞと前置きもなく言い出したとき、バンドの話をしているのだと叔父はすぐにはわからなかった。

「この家も百弦も、宮嶋家のものだ」兄弟二人になってようやく見せた長男顔で父は言った。「もう二度と他人は入れない」

その得体の知れない、しかし強い意志により、当時三歳だった兄にまず楽器が与えられた。兄は父が「フィドル」と呼ぶものがなぜ教室では「ヴァイオリン」と呼ばれるのか、練習に励みながらもおおいに悩み、自分の弾く楽器は一般にはヴァイオリンと呼ばれるが、カントリーやアイルランド音楽、ブルーグラスといったジャンルにおいてのみフィドルと呼ばれるという事実をどうにか飲み込んだあとでは、ヴァイオリンを弾くな、フィドルを弾けという父の要求に悩んだ。

僕が物心ついたとき、五つ年上の兄はちょうどこの問題に直面していた。僕の目に兄はすでにいっぱしのフィドル弾きに映ったが、お前のはヴァイオリンだ、フィドルの音を出せと父は言い続け、どっちも同じだと兄が歯向かうと容赦なくその横っ面を張った。一度手が出ると勢いがつき、父はしばらく折檻を続けたので、最初の一発が出るが早いかその場を逃げ出すのが僕の常だった。そうして押し入れの隙間から、大きく太い父の体とその半分にも満たない兄の体が、触れ合っては音をたてて離れるさまを見ていた。胸の鼓動は恐ろしさより憧れを生んだ。それは、年長者にのみ許される高等な対話法に僕には見えた。

「同じじゃない。生まれが違うんだ」兄の体から抵抗の強張りがなくなるとようやく、父は手を止め、いきなり優しくなった声で講義を再開した。「血統が違う。血筋が違う。よその連中と俺たちみたいなもんだ。同じ人間でも、宮嶋の血が流れてるのは俺たちしかいない。それと一緒で、フィドルにはフィドルの血筋ってもんがある」

そう言いながら抱き起こされ、フィドルの音を聴くかと問われると、朦朧としながら兄は頷き、やがて部屋には七十年も昔の、ブルーグラスの古典と言われる曲が流れた。音楽のジャンル名としては一風変わった、ブルーグラスという名の由来は叔父からざっくり教わっていたが――そもそもは牧草の名であり、その牧草のよく生えるケンタッキー州の愛称でもあり、ケンタッキー出身のストリングバンド、ブルーグラス・ボーイズの名がその後ジャンル名として定着したという三段構えの由来だった――しかし僕はどこまでも広がる草地の、その草の一本一本が空に向けて弦の音を響かせるイメージのみをその教えから得て、こうした古い曲や祖父の遺した音源に触れるたび、その草地を思い浮かべては静かに胸をはずませた。いつかみんなでそこへ向かうことになるに違いなかった。そうでなければ父がこれほどこの音楽にこだわるはずも、兄が応えようとするはずも、襖を開け、プレーヤーの前で身を寄せ合う父と兄のあいだに割り込もうとねじ込んだ自分の指が、まだ触れたことのない弦を求めて疼くはずもなかった。

当時住んでいた目黒の安アパートは当然楽器演奏不可だったので、スタジオがわりになったのは、叔父と千尋が暮らす防音壁に囲まれたマンションだった。歩いて十五分ばかりの場所にあったその広い部屋は、在宅仕事の叔父に兄と僕を預けておけるという点でも父には都合のいい場所だった。といっても、子供三人の世話はむしろサポートギタリストとしての単発仕事のほか別段することのなかった父が担うことのほうが多く、叔父が奥の部屋で仕事をしているあいだ、僕らは父から歌や皮肉や罵り言葉を教わった。甥という一歩遠い存在を気にしてか、千尋がいるときの父は普段より陽気で、叔父の家にはいつも笑いが絶えなかった。

僕と千尋にとうとう楽器がもたらされたときも、父はその陽気さを全身にまとっていた。八月を間近に控えた七月のある日、突如、父の上機嫌な声が響き、待ちに待ったそのときが訪れたのだった。「どこかに腕のいいバンジョー弾きはいねえか！」

兄はソファで読み耽っていた漫画から、僕と千尋はゲームを繋げたテレビから、それぞれ目を離して父を見た。外から帰って来たばかりの父は、薄いピンク色の開襟シャツから汗と夏の匂いを熱く漂わせながらリビングに入ってきた。両手に一つずつ提げた洋梨型の楽器ケースは、大きな父に手を引かれた小さな双子のように見えた。「百弦のメンバーを探してんだ」その双子の楽器を見つめる僕と千尋に、父は芝居がかった声色で言った。「なあ、どこかに腕のいいバンジョー弾きはいねえか」

心と体が、同時にぴょんと跳ね上がった。僕と千尋はコントローラーを投げ出し、ハイ、ハイ、と手を上げながら父に駆け寄った。このとき僕らはまだ小学校に入ったばかりだったが、兄は三つでフィドルを始めたと知っていたので、自分たちの遅れがずっと気になっていたのだった。

「ただし条件がある」としかし父はもったいぶり、楽器ケースを背の高い棚の上に載せた。「バンドに関する厳しい決まりごとについて、ここに詳しく書いてある。これによると――」もっともらしい手振りで父が胸ポケットから取り出した紙は、透けて見えたので確かだが、定食屋のレシートだった。「百弦が新しく募集するメンバーは、小学一年生の健康な男子であること。フィドル弾きの兄弟またはいとこがいること。

家はどこだと聞かれたら百弦だと答えられること。宮嶋玄と、つまり俺と、血の繋がりがあること。どうだ、誰か――」

ハイハイハイハイ、俺ら俺ら、とそこでとうとう飛びついてきた僕らをおきあがりこぼしで遊ぶ手つきであしらい、やかましいチビはクビだぞと脅してから、「おい、お前どう思う」と父は兄に目をやった。「この二人、うちのバンドに入れていいと思うか？」

ソファの背もたれに頬杖をつき、愉快そうにこちらを見物していた兄は、僕と千尋の祈るような目に見つめられてクックックッと笑い出した。「まあ、いいんじゃない……」

その意見を受け、父はようやく僕らを品定めし始めた。僕と千尋は一歩身を引き、姿勢を正し、真剣そのものの顔で父を見上げた。

父はまず千尋の頭に手を載せ、厳かに尋ねた。「お前の家はどこだ」

「百弦だ」

すぐに答えた千尋の髪を、父は笑顔でかき回してやった。千尋は嬉しそうに目を閉じ、首をすくめたが、その手の主がもし叔父だったら千尋はほとんどなんの反応も示さないことを僕は知っていた――叔父はいつもシンセサイザーと機械を相手に黙々と仕事をしているだけだったので、邪悪な昔語りをしたり、突然こういうショーのようなことをやりだす父に千尋が夢中になったのは、ある程度仕方のないことだった。

父は棚の上に載せた楽器ケースのうち一つを下ろし、テーブルに置いた。ギターの弦をはじくように父の指が留め具を外すと、太鼓にネックをくっつけて弦を張ったような、見るからに愉快な楽器が現れ、僕と千尋はテーブルの縁に手をついてそれに見入った。よその家で一度、ベビーベッドで眠る赤ん坊を見せてもらったときのことを僕は思い出していた。

ケースから、それこそ赤ん坊のようにそっと取り上げた楽器を、父は千尋に差し出した。「バンジョーはそばかす男のものだと、昔っから決まってる。これはお前のための楽器だ」

千尋はぎゅっと楽器を抱いた。腕の中のバンジョーを見、父を見、またバンジョーを見るその瞳の、みるみる増していく輝きがそのまま僕の期待になった。何かを弾く者としての命が得られることを、振動と音韻と旋律を持つ者としてようやく生まれ出ることを、高鳴る鼓動とともに僕は悟った。

千尋と同じ目で見上げると、父も千尋にしたのと同じように、僕の頭に手を載せた。お前の家はどこだ。百弦だ。

棚から下ろされたもう一つの楽器ケースが開けられたところで、しかし、僕の期待はいきなり揺らいだ。堂々たる八弦、片側だけ巻き上がったボディ——写真で見ていて知っていた。それは祖父の楽器だった。

「フラットマンドリン」と父はその楽器を差し出した。「ブルーグラスの花形だ」

全身が冷たくなっていくのを感じながら、僕は手をうしろに回した。言葉にする術はなかったが、父がそれを僕に与えようとしていることが恐ろしくてたまらなかったのだ。何しろ父は祖父を憎んでいた。本心から憎んでいた。そうでなかったら、俺は親父が嫌いだと囁く声があれほど暗く子供部屋の底に沈むはずがなかった。父がなぜ憎悪の中で生きることを選んだのかはわからなかったが、祖父の楽器を受け取れば遅かれ早かれ自分も憎まれることになるということは、僕にもわかった。

楽器を受け取ろうとしない僕を見て、父が眉をひそめた。恐ろしいことをしようとしている自覚がないその様子に、僕は絶望に近い焦りをおぼえた。涙が出る前になんとかしなければと、縋《すが》る思いで千尋を見ると、バンジョーを抱いた千尋も不安げにこちらを見ていた。その表情の意味を、僕は即座に理解して、マンドリンはいやだと言うかわりにこう言った。「ちいとおんなじのがいい」

僕を見下ろす、父の目に炎が宿った。自分もいよいよ殴られるのだと、そう思ったらいっそ嬉しいような、兄と並べて誇らしいような気持ちになったが、それでも恐怖は消えなかった。「ちいとおんなじのがいい」と震えだした喉を押さえつけるため、大きな声で繰り返した。「だって俺たちコンビだもん。ちいとおんなじのじゃなくちゃやだ」

父はしばらく黙っていたが、やがて、重い声で問い直した。「桂。お前の家はどこだ」

目を泳がせてから、僕は答えた。「百弦」

「マンドリンは百弦の心臓だ」抑え込むように囁いた。「桂、俺の言う意味がわかるか」

僕はきつく唇を噛み、涙を隠すために目を伏せた。わかると答えればマンドリンを弾かされ、わからないと答えれば殴られる、その狭間で、もう完全に身動きが取れなくなっていた。どちらからも逃れるには宮嶋の名を捨て、出ていくしかない、でも一人でどう生きていけばいいのだろうというところまで考えたとき、兄がふと口を開いた。「じゃあ玄さんが弾いたら」

父はゆっくり目を上げて、一番遠くにいる兄を見た。冷たい目だったが、「それとも俺が弾こうか」と兄は臆せずに続けた。「マンドリンが心臓なら、フィドルより重要だろ」

父は何も言わなかった。ただ兄を見ていた。そんなに長く父を見つめ続けることは考えるまでもなく危険行為だったが、兄も目をそらさなかった。緊張に耐えられなくなった千尋が咳とも咳払いとも違う、妙な音を漏らしたのをきっかけに、折れたとはっきりわかる引き方で父が目を伏せた。それからあらためて僕と向き合い、顔を覗き込むようにして言った。後悔しねえな?

このとき何が起きたのか、父がなぜ兄に負けたのか、何年ものあいだわからなかった。わかったのは巡業が始まって一、二年ほど経ったある晩、どうにも寝付けなかったその晩に、そもそも父はなぜ兄にマンドリンを与えなかったのだろうと考えたときだった。マンドリンといえば祖父、という父には呪いに近かったであろうイメージを乗り越えるためにも、花形楽器であるというただそれ一点をとっても、父は誰より目をかけていた兄にこそその楽器を託すべきだった。

ではなぜそうならなかったのか。考えたこともなかったが、考えたら三秒で答えが出た。兄は生まれつき右手に欠損があり、といっても親指がないだけだったが、それでもマンドリンやバンジョーのような撥弦《はつげん》楽器を滑らかに弾くというのはおそらく現実的ではなかった。人差し指を下に差し込む兄の弓の持ち方も実は特殊で、親指を支えにするのが正式なのだとずいぶんあとになって知った。父は選んで兄にフィドルを与えたのではなかった。ほかに選択肢がなかったのだ。

単純な話だったが、それがわかった瞬間、じゃあ玄さんが弾いたら、それとも俺が弾こうかというあの日の言葉の真意にまで一気に理解の飛距離が伸びて、約十年後にあたるその晩、僕は当時まだほんの十一歳だった兄が心底恐ろしくなった。もしマンドリンが百弦にとってほかのどの楽器より重要だったとしても、兄は自分のフィドルとそれが差し替えられることはないとわかっていたし、祖父を象徴するその楽器を父には弾くことはできないと知ってもいた。自分たちの不可能を突きつけることで、兄は、僕の不可能を父に尊重させたのだ。

それに気付いた瞬間の衝撃、兄への恐れは、どこかに腕のいいバンジョー弾きはいねえか、から始まるあの夏の日をそのまま再現する夢に姿を変えて繰り返し僕の夜を訪れた。父が倒れていた場所にギターケースを寝かせ、取り分けた寿司と帰りしなにたまたま父の好きな銘柄を見かけて買っていた大吟醸を供えたその晩も、さんざん歌い騒いだあとでその夢を見た。

夢の中の光景は、しかしいつもより漠として、まだゲームのコントローラーも離さないうちから僕は不安に襲われていた。そして、夢だと気付いたわけでもないのに、目に映る一つ一つを脳裏に刻んで世界と自分とを繋ぎ止めようとした——父の薄ピンク色のシャツ、上向きに輝く千尋の目、刃のように光るマンドリンの弦。

呼ばれたような気がして目覚めた。

空気は軽く、視界は暗かった。月夜野だ、と自分に居場所を言い聞かせ、たぶん鳥だ、と呼び声の主に当たりを付けた——体感だが、僕の名で鳴く鳥はこの世に少なくとも十種類はいる。枕元のデジタル時計は、淡いバックライトを背に午前三時九分を映し出した。こんな時間にどういう用で鳴くんだろうと考え、いつもは二重三重に聞こえてくる寝息のいっさいない、ほぼ完全な静寂に耳を澄ました。月夜野だ、とまた思う。一人きりだ。

自分の居場所を、目覚めとともに思い出せることは滅多にない。巡業中は朝が来るたび迷子になり、鳴り響くアラームを止めたあとで必ず、ここはどこだと千尋と言い合う。広島か？　違う。瀬戸内だろ？　高松だ……そう言っているうちにまた寝入り、再度アラームに起こされる。わかった、姫路だ。それからやっとカーテンを開ける。伊丹だ。伊丹かよ。

月夜野では、思えば、土地の名と自分の体が結びつくときのあの気怠《けだる》い安心を感じたことがない。無理に結ぶとどちらもかえって不確かになる気がする。ひょっとするとそれは、幻想的すぎるという理由でこの地名を嫌い、ほとんど忌み言葉のように避けていた父に長く付き合ってきたせいかもしれない。なるべくその名を呼ばないようにと気を付けるうち、どこでもない場所のようになったのかもしれない。

部屋を出て、階下に向かった。呼び声の余韻がまだ頭に残っていて、すぐには寝直せそうになかった。裸足の足裏に木の階段はひんやりと冷たく、きのうまで滞在していた梅雨入り前の平野部とはまるで別の世界に来たのを感じた。

ひょっとして叔父が一人で飲んでいるんじゃないかと期待したが、一階は暗く、無人だった。肺がんで死ぬわずか二年前に祖父が思い立ってオープン型に改装したというキッチンの、オレンジ色の電球だけが、ほんのりとあたりを照らしていた。僕は冷蔵庫を開け、特に飲みたくもないハイボールのためにレモンを取り出した。黄色い皮と果肉を通った包丁がまな板を打つ音は、しかし不思議なほど僕の心を落ち着かせ、自分が落ち着いていなかったことにそこで初めて気が付いた。

飲み物を持ってカウンターにつき、暗く静まり返った部屋を眺めた。取っ散らかったダイニングとだだっ広いリビングを越えた先には、庭に面した縁側がある。濡れ縁ではなく、窓の内側に造られた入側縁《いりかわえん》で、小ぶりのテーブルと籐の椅子が、父の好みにより旅館風に置かれている。すぐそこに目が行ったのは、誰かがつけっぱなしにしたらしい照明がそれらの家具を明るく照らし出していたからだった。

その縁側の右奥から、トイレの水が流れる音がした。続いて聞こえてきたあくびは兄のものに似ていたが、一階で寝ているのは叔父だけだったし、たぶん、兄はもう家にはいなかった。寿司も尽き、演奏会も終わり、風呂も済ませてみんなそれぞれの部屋に引っ込もうというとき、出ていく音が聞こえた。月夜野に帰るといつもそうだった。毎晩誰かに会いに出かける。朝にはたいてい戻っているが、昼過ぎまで起きてこない。

叔父が出てきたら呼び止めよう、眠くても少しだけ付き合ってもらおうと、急いでもう一杯ハイボールを作り始めた。叔父と二人だけで話ができそうなときは絶対にそのチャンスを逃さないと僕は決めていた。作曲者兼ベーシストとしてバンドの中心にいながらなぜかぽつんと外れて見える、物静かで瘦せっぽちの叔父は、いつまでたっても僕には気になる存在だった。

氷を押し込んだグラスを持ち、再びカウンターに戻った。その場所から、腹を搔き、くたびれきったため息をつきながら縁側に現れた父を見、反射的に目をそらした。あくそ、と小さく罵る声、濡れた本を忌々しげに放る音、籐椅子の軋む音が、順に聞こえた。僕はもう一度そちらに目をやった。父は縁側の、こちらから見て右側の椅子に掛け、暗い庭を眺めていた。丸く突き出た腹も、顎と繋がった首のたるみもはっきりと見えた。向かいの椅子とテーブルのあいだにギターが立てかけられていること、リビングに寝かせていたはずのギターケースが壁に寄せられていることに、そこで気付いた。やはり長くは見ていられず、体ごと横を向いた。

鳥ではなくギターだったろうかと考えたが、もう余韻は消えていた。

しばらくの後、ごく控えめに、玄関から物音が立った。息を凝らして待っていると、やはり控えめな足音とともに兄がキッチンに入ってきた。兄は僕がいるのを見ても驚きはしなかったが、帰ってきたところを見られたくはなかったようだ。不機嫌そうに息をつき、外出に関する質問はいっさい受け付ける気はないとわかる声で、おう、とだけ言った。ああ、と返しながら僕は兄を目で追った。兄は香水とも、フィドルの手入れに使う松脂とも違う、僕を混乱させるためだけに存在するような他人の匂いを漂わせながら冷蔵庫を開け、夕方に飲んだのと同じ小瓶を持って隣に立った。僕はしがみつくように兄を見つめた。そうして縁側を見るなと念じたのか、縁側を見ろと念じたのか、とにかく縁側以外の情報は何もない目をただひたすら兄に向けた。

しかし僕と目を合わせるまでもなく、兄の目は自然とそちらに吸い寄せられていった。瓶を口元へ運ぶのと同時に兄の目が父の姿をとらえるのを、その姿に見入り、開きかけた唇が固まるのを僕は見た。兄はちらりと僕を見、また縁側を見、今度はしっかりと僕と目を合わせた。自分が見たものを僕も見たか知りたがっているようだった。頷くかわりに、僕は兄を見つめ続けた。仄暗いキッチンで、僕と兄はたっぷり一生ぶん見つめ合った。

兄はやっと目をそらすと、スツールに腰かけ、もう二度と縁側は見ないと決めたように体をこちらに向けた。それからひと息に半分ほどビールを飲み、振り払う感じに言った。「さっさと片付けたいんだよな」

「ああ――」話がまるで見えないまま、僕は相槌を打った。「だよな」

「叔父さんはちゃんとやりたがってる。それが礼儀だと。でも死んだのは玄だ、今さら礼儀良くしちゃかえって失礼だろ。ぱっと終わらせたいんだよ。俺はな。検視から戻ったらこのへんの葬儀屋で焼いて終わり。立ち会うのは俺たちと、あとは根岸さんだけいてくれりゃいい」

僕は頷いた。町内の仕切り屋である根岸さんは、毎冬、自分の家のついでに我が家の雪下ろしに来てくれる善意の人で、あの人がいなければこの家はとっくに潰れているだろうと叔父はよく言っていた。父や叔父と同世代で、詳しい付き合いについては知らないが、どうやら祖父に恩義だか愛着だかがあるらしい。

「問題は骨だな」兄は鼻から息を吐いた。「環《たまき》さんと同じ墓に入れていいのかね、あの男を。それに関しちゃ叔父さんも悩んでるよ。共同墓地かなんかに放っちまうほうが玄にはいいんじゃねえかって……」

久々に祖父の名を聞いた。それだけで少し軽くなった胸で、自然とこう思った。

「別に、無理して埋めなくてもいいんじゃない」

兄はまじまじと僕を見た。「埋めずにどうする？」

「捨てる」

「捨てる……」兄は口の下を指先でこすりながら復唱し、笑った。「いいかもな」

「だろ。墓ってタイプでもないしさ。そうしてもいいかあの本田って刑事に聞いてよ」

「いやだよ。これ以上うちのノリを見せると余罪を疑われる」

余罪、と今度は僕が、内心でだが復唱した。兄も逮捕されるつもりだったのだ。声をたてずに笑うと、自分を嘲るように兄も笑い、瓶の残りを飲み干した。

会話の切れ目に、三人目の音が割り入った。本のページがめくれる、紙と空気の触れ合う軽い音だったが、皮膚の湿度を感じるだけで雨音ほども重く感じた。沈黙が続く中でそれは次第に厚く、黒くなり、濡れた服にきつく身体を縛られるときの不快さをやがて生んだ。

父が死んだことを自分がどう感じているのか、そのときまでわからずにいた。一人だけで何かを感じたり考えたりすること自体がそもそも不安だった。でもこのとき、重いと感じたのは確かに僕の心で、それまではいくらか軽かったのも僕の心だった。おめでとうと叫んだあのとき、そういえば、しっくりきた。《さあ船出だ ヨーソロー》と、自然と口をついて出た。

「玄を焼くなら、北本にも来てほしいな。いっぺんも会ったことないし」

僕がそう言うと、遥か彼方を望むように流し台を眺めていた兄はその目をゆっくりこちらに戻した。北本というのは僕が知る限りでは唯一の父の友人で、百弦のために歌詞を書いてくれる作詞家でもあった。芸術家だった祖父はコアな音楽ファンが喜ぶインストゥルメンタルをたくさん残したが、反対に父はヴォーカルを重要視した。人間の注意をもっとも引くのは結局のところ人間の声だというのが父の考えだった――まず気を引け、それから弦で締め上げろ。

詩を書く、という感傷的な仕事はしかし父の手に負えず、それで旧知の北本を頼ったのだったが、まず送られてきたのがあの馬鹿に短い、子供の落書きのような『ヨーソロー』だったので、その頃まさに子供だった僕と千尋はたちまち親しみをおぼえて北本を北本と呼ぶようになった。叔父はあの歌詞に曲をつけるというより、曲のほうにちょっと歌詞を飾るという具合に仕上げたので、歌詞の素朴さとは裏腹に『ヨーソロー』は最終的に十二分半にも及ぶ長大な、いかにも海原らしい曲になったが、僕はその曲を弾くたびに――そして父の三度上で歌うたびに――この海を生んだのは北本だと信じるのだった。易しさゆえの揺るぎなさが、いつも僕に水平線を見せた。

その展望が甦り、思いを遠くへ馳せたまま、「で、骨を囲んで、みんなで打ち上げをして――」と僕は続けた。「そのあとは、これまでと全然違うことを始めてみるのもいいよな。サーフィンをするとか、たとえばだけど、別々に暮らしてみるとか。バイトしてみるとかさ」

兄ははじくような手振りで小瓶を遠ざけると、叔父のために作ったハイボールを何も言わずに飲み始めた。四本きりの指は、この上なく確かにグラスを握っていた。

「お前、バンドをやめたいのか」

不意に突きつけられた問いの、切っ先が僕の心臓に触れた。兄の顔と声には、笑みに振れそうな余白はもうなかった。「いや」と僕は反射的に目を伏せた。そうして聞かれる瞬間まで、実際、考えたこともなかった。そんな選択肢があるなどと、知りもしなかった。しかし縮み込んだ胸にはなぜか、長年の秘密を見破られたような衝撃と恥辱とが渦巻き、喉元まで逆流して一瞬、僕の呼吸を止めた。

「いや、そういうんじゃない。俺は、ただ、ちょっとよくわかんないだけだ」再び息が通るようになってから、早口に言った。「次の一年のことが、うまく想像できないんだよ。玄がいなくても百弦なのか、玄抜きで次のツアーに出てもいいのか……だってこれは全部奴が始めたことだし、それに、玄が死ぬなんて初めてのことだし。だろ?」

そこで上目遣いに兄を見たが、目までは届かず、反応のない顎と唇を僕は三秒ほど見つめてからまた視線を落とした。黙るべきだと思ったが、「叔父さんも、もう年だし……」と気付くと続けていた。「それに、もしかしたらお前も、そろそろ腰を落ち着けたいんじゃないかと思ったんだよ。俺はよくわからないけど、ひょっとしたら、誰かと一緒に暮らしたいとか……」

「なあ、桂」覆い被さるような兄の声は、意外にも穏やかだった。「初めてのライブを覚えてるか。新生百弦のお披露目ライブ。巡業を始める直前のことで、今から――十年以上前」

十四年前。心中で呟いた。西荻窪。

「地下にある、環さんの幼なじみとかいう人がやってたパブだ。俺は二十歳かそこらで、お前らはまだ中坊だった」昔話と声の優しさに引かれ、僕はようやく顔を上げたが、兄の目は鋭いままだった。その目できつく縛り上げた僕に、「年寄りばっかりだったよな」とやはり優しい声で兄は続けた。「玄はそのライブを取っかかりに活動を始めようとしてたから、叔父さんに頼んで音楽雑誌の記者なんか呼んでもらってたけど、客席は同窓会だった。環さんの知り合いや環さんの音楽を忘れられない連中が、新しい百弦はどんなもんかと聴きに来たんだ。環の倅だ、と客たちは玄を見るなり浮かれ出したんで奴は最初《ハナ》っからイラついてたが、望むと望まざるとにかかわらずあれはそういう集まりだった。環さんありき。愛ありきだ。だってあのとき、全員の孫になったみたいな気がしなかったか？」

僕は頷いた。兄も頷いた。「七曲やって、拍手喝采、茶番だったよな」ハイボールをひと口飲み、兄は言った。「で、誰かが大声でこう言ったんだ。いい息子たちだ。これ以上はない親孝行だ。環はどれだけ喜んでるだろう――ぎょっとしたよ。よりにもよって、親孝行ときた。俺の場所からは玄の背中しか見えなかったが、それでも奴がその瞬間、完全にキレたのがわかった。もし玄が暴れ出したら両脇から抑え込もうとお前とちいが目配せし合ってるのもわかったが、結局暴れはしなかった。覚えてるだろ。客に殴りかかるかわりに玄は、マイクの前でこう言ったんだ。「家に帰って来たような気分だ」」

僕はもう一度頷いた。それでも兄は続けた。「「あの親父が、環が人に好かれてたことは知ってたが、まさかこれほどとは知らなかった。長男の玄だ。次男の喬と、あとは孫たち。マンドリンがないのはよくわかってるが——」」そこで間を置き、兄は再び下の方へ逃げ出した僕の視線が戻るのを待った。「「今はこれで百弦だ。今日は楽しかった。環によろしく言ってくれ」」

意味わかるか？　すぐさま続いた質問に、解放されたい思い以外は何もない頭で僕はまた頷いた。氷だけ入ったグラスが、手の中で冷たい汗をかいていた。

「とうに死んでる環さんによろしくって、つまりくたばれ、地獄に堕ちろ、そういうことを言ってたわけだ。感謝感激ってふうを装って、客全員に唾を吐いてた。ろくでもねえ親父だなとつくづくそう思ったが、それでもこうしてよく覚えてるのは、あんな言葉の中にも真理があったからだ。なあ桂、いいか」噛んで含めるように、兄はゆっくりと言った。「俺たちの家では、何がなくても、誰がいなくても損失じゃない。今あるものがすべて。今いる全員で百弦だ」

いつしか強く握りしめていたグラスを、兄は僕の手から抜き取った。それをそっと、音もたてずにカウンターに置いてから、「桂。目を見て答えろ」と言った。「お前の家はどこだ」

濡れた手をゆるく丸め、兄の目を見て答えた。「百弦だ」

兄は頷き、優しく僕の肩を叩いて、「もう寝ろ」と同じくらい優しい声で言った。「お前は何も心配しなくていい。先のことは俺と叔父さんとで決めるから。早いところ――」と立ち上がりながら縁側に目をやり、不意を突かれたように一瞬、つかえたが、今度は目を離さなかった。誓うように兄は言った。「片付けるよ」

去り際にもう一度僕の肩を叩き、兄は去った。

僕はしばらくキッチンに留まり、繋縛のあとの痺れが消えるのを待った。こういう状態で一人になったときはどうすればいいか、昔は知っていたが今はもうわからなかった。詩は遠く、海は埋められ、僕は二十八歳だった。ウイスキーを戸棚にしまい、流しでグラスを洗った。

父はまだ縁側にいた。背を丸め、明かりを頼りに、手帳に何か書き付けていた。玄さん寝ないのと出かかったが、飲み込んで二階へ戻った。

兄には確かに、今あるものがすべてだったろうと思う。西荻窪でのライブのすぐあと、家賃の滞納と騒音を理由にとうとう目黒のアパートを追い出され、それをきっかけに慌ただしく始まった巡業が、なんとか一年目から巡業の体をなしたのは兄がその考えのもと動いたからだった。

ないものを挙げればきりがなかったが、あるものを並べるのは実際たやすかった。家族と音楽、地図と電話、健康と楽観、イカサマとハッタリ。兄はそのすべてを駆使し、命じられるまでもなく一家の羅針盤として働き始めた。千尋を高校にも行かせないなど考えたこともなかったはずの叔父を「旅行がてらに半月だけ」と紛れもなく詐欺師の誘い文句でツアーに連れ出したのは父だったが、その叔父のコネクションを利用して仕事を取り、ライブスケジュールを組み、旅程を定め、宿泊地を決めていったのは兄だった。旅の始まりの、何もかもが不足していたあの時期に、人生とは常に手持ちのものだけで成立させていくしかないことを兄は自然と知ったのだ。

全国規模で見れば百弦はほぼ無名で、単独ライブで繋いでいけるようなレベルではとてもなかったが、選り好みさえしなければ演奏の機会はいくらでもあった。あちこちで野外イベントが開催される夏と秋は特にそうで、百弦のアコースティックな編成はしかも、ほとんどのイベント開催者に好感を持たれた。

そうして新しい生活が始まった当初から、家事全般は僕と千尋の仕事だった。僕らはイベント関係者や地元の人から首尾良くもらってきた食材をキャンピングカーやゲストハウスに持ち帰って何か作ったり、全員分の洗濯物をコインランドリーへ運び込んだり、ぎゃあぎゃあ騒ぎながら車内トイレの汚物処理をするようになった。それは月夜野にいるあいだも変わらず、到着日の家起こしから滞在中の炊事洗濯まで、すべて僕と千尋で受け持った。

兄とキッチンで話した三時間半後、リビングのソファをベッドがわりにして眠っている父を最初に見たのも、だから僕と千尋だった。朝食を作りに降りたら、いた。朝にはいなくなっているものとなんとなく思っていたので意外だったが、新鮮な驚きはもうなく、どちらかというと僕は父より千尋のほうに気を取られた——千尋は遠目に父を見つけて硬直し、もう少し近付いてまた硬直し、寝顔を覗き込んだ瞬間に跳ね上がるようにのけぞってすっ転んだ。それから手できつく口を塞ぎ、爛々と輝く瞳をこちらに向けた。朝日よりよほど明るかった。

千尋は一刻も早く騒ぎたそうにしていたが、僕が首を横に振るとたちどころにルールを理解し、黙って台所仕事に取りかかった。その朝はいつものようにラジオをかけることも、歌を歌うこともなく、僕らは粛々と働いた。思えばそれほど静かな環境で朝食を作ったことはこれまでなく、三個、四個と千尋が卵を割る音を聞きながらパンを切っていたらうっかり神聖な気持ちになり、胡椒がない、車の中だ、とたまに交わす自分たちの言葉からさえ崇高な響きを聞き取ったが、特別な時間は、叔父が起きてきたところで終わりを迎えた。リビングの隣の和室から出てきた叔父は父を見るなり、お前ここで何やってんだと大声を出し、昨夜から守られていたルールを破壊すると同時に僕と千尋を笑わせたのだった。笑いごとではないという事実と、どう見てもじゃれ合っているようにしか見えない父親たち――腹のほくろで本人確認をしようとする叔父と、起き抜けながらそれを必死に拒む父――の格闘が、より激しく僕らを笑わせた。玄さんメシ食うかと千尋が聞くと、なんで食わねえと思うんだと父は憤怒の形相で怒鳴った。

午後まで寝ているつもりでいたに違いない兄も、騒々しさに屈して起きてきた。兄はカウンターの外側に立ち、千尋が淹れたコーヒーをすすりながらしばらく叔父と父の漫才じみた問答を聞いていたが――「お前どうやってここまで来た?」「関越を通ってだ、ほかに何がある?」――眠たげな目を一度、ぎゅっと閉じると、スウェットの尻ポケットから携帯電話を取り出した。

その電話を耳に当てながらリビングまで行くと、兄は叔父の隣にどさりと腰を下ろした。「ああ、本田さん、宮嶋だけど」とやがて出した声はいやに大きく、全員に聞かせようとしているのがわかった。「そう、宮嶋、きのうの昼頃来てもらった。朝っぱらからすみません。ちょっと確認してもらいたいことがあって、その——」おい俺にもコーヒーだ、とそこで大声を張り上げた向かいの父を見ながら、兄は言った。「きのう、持っていってもらったもののことで」

こっちで飲めよもうメシだ、と僕がダイニングテーブルにマグを置くと、俺にも、コーヒーだ、と父は強情に繰り返した。兄がきつく僕を睨んだ。静かにさせろという目だった。

「いや、結果を急がせたいわけじゃなくて、ただ見てもらいたいだけなんだけど——」兄は本田を相手に話し続けた。僕はコーヒーを二つ持ってリビングに入り、朝の明るさの中、至近距離で父を見た。ギョロ目の下のたるんだ皮膚も、丸く突き出た腹も、マグを奪う横柄な手振りも、変わらぬいつもの父だった。そんな父を叔父はただ呆然と見つめていたが、叔父さん置くよと声をかけると我に返り、ああ、と答えて目の前のコーヒーに視線を移した。

「ちゃんとそっちにあるかどうかが知りたいんだ。それをもう一度、見てもらえればそれでいいんで。変なこと言ってるってわかってるんだけど、実はその——」兄はコーヒーをひと口飲み、そのあいだに話をこしらえた。「もしかして盗まれたりしてるんじゃないかって、今朝になって急に、弟たちが心配し始めて」

おい、と千尋が苦笑いで声をあげると、「普段は能天気な連中なんだけど――」と兄も同じく苦笑いで続けた。「急なことだったし、ちょっと不安定になってるみたいで。それで手を貸してほしいっていうか、本田さんがもう一度確認してくれれば、それだけで落ち着くと思うから。すみませんね、ほんと。ああ、そうしてもらえると助かります」

それじゃあ、どうもと切った電話をわきへ放ると、昼までに連絡が来る、と兄は励ますように叔父に告げた。舌打ちしながらクッションを持ち上げたりテーブルの下を覗いたりしている父には、尻の下から引っぱり出したテレビのリモコンを手渡しつつ挨拶した。おはよう玄さん。

父の遺体が警察にあろうとなかろうと状況の奇妙さは変わらないのに、刑事という司法的な存在を介入させただけで不思議と全体が落ち着き始めた。その後は自然と習慣どおりの動きになり、五人揃って食卓について、ドレッシングを回せだのフォークより箸がいいだの俺のスープだけ具が少ないだのと言い合ういつもの食事時間に入った。

父も食べた。朝にはいなくなっているだろうと思ったのと同じ感覚で、ものを食べることはないだろうと思っていたのだが食べた。父が麵のようにベーコンをすすり、煎餅のようにレタスをかじり、二杯目のスープを作ろうとするかのようにどぼどぼとフレンチトーストにメープルシロップをかける様子にほかの全員がふと、食事の手を止め見入る瞬間があり、父の上でそうして重なる僕らの視線の結び目が、二重、三重と大きく硬く膨らむにつれ、父の命もいよいよ確然としていくようだった。

その父に、聞くべきことを聞いたのは叔父だった。ダイニングからは見えづらい位置にあるテレビを、それでも見ながら次々にチャンネルを送っている父の手から叔父はそっとリモコンを抜き取り、「自分が死んだのを覚えてるか？」といきなり核心に触れた。「俺たちが戻ったら死後二日経ってた。自分の身に何が起きたか覚えてるか？」

少しのあいだ、父はリポーターが畑の真ん中で元気よく高原キャベツを紹介する様子に気を取られていたが、やがて叔父に目を移すと、「ああ」と答えた。「お前らいつ帰ってきたんだ？」

叔父はその質問には答えず、「自分が死んだのを覚えてるのか？」ともう一度、しかしさっきとは違う響きで聞き直した。

「ああ」と父はやはりそう答えた。「トイレから出たら嘘みたいな頭痛がして、酒でごまかそうとしたら目眩《めまい》がした。たぶんそれだ」

「そのあとは？」

「トイレに本を取りに戻った。絶版本だ。文庫だけどな」

「それはいつ？」

「でも便器の中に落とした」

「いつだよ？」

「ゆうべだ」

「目眩を起こしてから本を取りに戻るまではどこにいた？」

「さあ……」

「床の上？」

「知らん」

「安置所？」

「知らん」

「でもどこかにはいたはずだ」

「知らねえっつってんだろうが、殴られてえのか」父は舌打ちをした。「俺は俺がいた場所にいた。それだけだ」

「玄」叔父は重く父の名を呼んだ。「俺を煙に巻きゃ済むって問題じゃないんだぞ」

するとと父は「馬鹿が」と吐き捨て、「何が問題だ、こんなことの」と椅子の外に放り出すようにして脚を組んだ。「くだらねえんだよ、お前が問題視する問題はいつも。昔っからやれ子供らの教育がどうの環境がどうのってよ、なあ、喬よ、それで結局何か不具合が起きたか？　律も桂も千尋もみんな馬鹿なりにしっかり育っただろうが。いつだってお前は多数派に合わせたがるが、多数派はあくまで多数派だ、正解じゃない。正義でもないし、真理でもない。俺が多数派の死に方をしなかったのはお前には期待はずれだろうが、こっちは普通にしてるだけだ、お前なんぞにつべこべ言われたかない。わかったらもう二度と、俺の死に方にケチをつけるな」

叔父はしばらく、ほぼ目の前に差し出された父の手を暗い顔で眺めていたが、やがてその手にリモコンを載せた。父はすぐさまテレビの音量を上げ、上げ続けて、僕らは高原キャベツの特徴が甘さと柔らかさであること、まもなく嬬恋《つまごい》から出荷されることを、映画館並の大音量で知った。

本田は仕事が早かった。こちらの朝食が終わるのとほぼ同時に兄の電話に折り返してきて、朝一番で確認したが父の体はもちろん無事だと知らせてきた。兄はカップ入りのアイスクリームを手に縁側のほうへ歩いていく父を目で追いながら、ありがとう、とだけ返して電話を切った。

全体の雰囲気は、そこから一気に弛緩した。みんなだんだんと状況に慣れ始めていたし、自分のあり方に疑問を持たない父を相手にするのも、考えようがないことを考えるのにも疲れてきていた。兄は寝直しに部屋に戻り、叔父は根岸さん宅へ、とりあえず今年も帰ってきたと挨拶だけしてくると出て行った。どちらも一時退却の足つきだった。

「これでいいんだよ。自然なことだ」みんなが残していった空の皿を集めながら、打ち明ける調子で千尋が言った。「ずっと五人でやってきたのに、いきなり一人欠けるなんて変だ」

父が派手にこぼしたメープルシロップを拭き取っていた僕は、目だけ上げて千尋を見た。同じ具合に千尋も目を上げ、縁側で悠々とアイスクリームを堪能している父を眺めた。

「さっきの、聞いたか？」その目と満足げな笑みを僕に向けてから、千尋は食器を流しへ運んだ。「多数派の死に方、だってよ。よくそんな言い草がぽんと出るなって感じだけど、でも、玄さんを見てたらそうかもなと思えてきたよ。多数派、少数派ってんじゃなくても、人それぞれなんじゃねえかってさ」千尋は食器をシンクに置き、勢いよく水を出した。

「死んだあとどうなるか、だって、誰が知ってる？　一度死んだらそれっきりだとか、線香となんまいでさよならだとか、そういう死の常識ってのは全部、生きてる人間が言ってることなんだ。だろ？　一度も死んだことのない連中が死を語ってる。死を知らない奴だけが、死とは何かを語れるんだ。そんなめちゃくちゃなことを俺たち、今日までずっと当たり前に信じてたんだぜ」

相槌も打たず、僕はただ黙ってテーブルを拭いた。

「玄さんはきっとそのことに気付いてたんだろうな」泡立てたスポンジで皿を洗いながら、千尋は続けた。「玄さんて昔っから、誰かが死んでもそのことを無視するようなところがあっただろ。死んでも態度を変えないっていうか、ほら、環さんのことなんか、いつもすぐそこにいるみたいに文句言ってさ。信じてなかったんだよ。死ってものを。それが今回の、玄さん自身のことに関係してるのかどうかはわからんが、ただ者じゃないってことは確かだな。わかってたつもりだけど、確信した。宮嶋玄は特別な人だ。戻るべくして戻った命だよ」

僕は折りたたんだ布巾をまな板の上へ放り、洗濯、と一語で行き先を告げてキッチンを出た。こいつとなら永遠に話していられそうだと思うときと、もう一秒も話していられないと思うときがあり、後者のとき、千尋はこうして際限なく父を称え続けるのだった。

脱衣所へと向かう足取りは、しかしそのために軽かった。キッチンから離れるにつれ身軽になり、洗濯機の上の高窓を見上げたところで、本田は今、と考えた。いったい何をしているだろう。我ながら脈絡のない想像だったが、遠く、より遠くという願いが自然と、自分からかけ離れた刑事という身分に通じたらしかった。朝の九時から死体のそばにいるというのは、いったいどういう生活だろう。どういう親に育てられ、どういう子供時代を送れば、ワイシャツを着たり、ネクタイを締めたり、流暢な敬語を話したりする人生になるんだろう。

洗濯機は三度回した。父は僕が洗濯かごを持って現れるたびに顔を上げ、読書を一時中断して、庭や自分の周りが洗濯物と芳香で飾られていくさまを見物した。父が僕を見ながら何かを思っているのを感じたが、それが何であるかということは考えないようにして、あいつにも五人家族の、五日分溜まった洗濯物を一気に干す朝があるんだろうかとしつこく本田のことを思った。

《違う　それは　夜の星だ》と千尋がリビングの掃除をしながら口ずさみ、《朝の星

をさがせ》と僕が父の靴下を干しながら応じた。《違う　それは　俺の臍だ》《朝の星をさがせ》

　時はおおよそ穏やかに過ぎた。午後は休暇らしく過ごそうと決め、きのうやり残した家事と昼食の用意及び昼食の後片付けを済ませると、僕と千尋はテレビの前に陣取ってこの日のために買っておいたゲームに着手した。叔父は昼に一度戻ってきたが、またすぐに出て行った。今度はキャンピングカーへの出勤だった――巡業中の移動手段であるキャンピングカーには叔父の作曲仕事に必要な機材もすべて積まれており、僕らがゲストハウスやユースホステルにいるあいだ、叔父専用の仕事場になるのだが、帰省しても叔父はその勤務スタイルを変えようとしないのだった。兄は午後の二時過ぎにやっと起きてきて風呂に入り、僕と千尋が画面上で繰り広げるサッカーの試合をしばらく観戦したのち楽器の練習を始めた。ゲーム内で流れている曲がフィドルで奏でられ始めたので僕と千尋はつい笑い、その流れでなんとなく、自分たちも練習に加わった。その後、兄は遅すぎる昼食をとりながら夜はいらないと言い、千尋は洗濯物をたたみながら夜は何がいいと父に尋ねた。父は本から目を上げようともせず、ああ、と的外れな返事をしたが、そんなことが千尋には嬉しいようだった。

父に専用の部屋はなかった。居場所を定めようとする感覚自体がそもそも薄いのだったが、それでも居心地のいい場所というのはあるようで、この家でいえばそれは間違いなく縁側だった。誰にも邪魔されずに本を読んだり何か書いたりすることと同じくらい、父は風通しのいい場所が好きだった。すぐそこに外の世界があり、その気になればいつでも旅立てるような場所を、父は愛した。

昼寝と食事時を除けば父はその縁側とトイレの往復しかしていなかったが、夕方、叔父が帰ってきてベースを弾き始めると、ギターとともにそちらへ吸い寄せられていった。叔父がキャンピングカーから持ち帰ってきたアイデアと、そのアイデアに引かれた父のイメージとが弦の上で取り交わされるのを聴きながら、僕と千尋はひたすら夕飯の餃子を包んでいった。僕らが二百個包み終えたとき、父親たちは一曲作り終えていた。

父の死は幻だったかと、一度ならず思った。すべてがあまりに自然に流れた。しかし日が落ち、家が闇に包囲されると、明るいうちは漠としていた事実がまるで肉を削がれた骨のように鋭く、素のまま顕れて、固く家内に腰を下ろした。帰還した父をどう扱うかについて、叔父か兄が今夜じゅうに何かしらの決断を下すだろうと僕は思った。何にせよ放っておかれることはない。それが摂理というものだった。

ところが父は――朝食の席ですでに本人から知らされてはいたが――自前の摂理を

持っていた。そして僕と千尋が二百個の餃子を焼き始めたとき、前触れもなくその法則を働かせて家を震撼させた。物理的な揺れだった。ただ事でない物音が響き、家具が震えた。

棚から大皿を取り出していた千尋は素早く振り返り、僕は終末的な災害をいち早く受け入れてコンロの火を止めた。リビングでテレビを見ていた叔父は、すでに立ち上がって震源の風呂場へと歩き出していた。千尋、僕の順に続き、外出のために着替えていた兄も二階から降りてきた。

父は洗い場に倒れていた。全裸で、目は閉じ、頭にはまるで陰毛と合わせたように白くふわふわとした泡がついていた。乾いても萎んでもいなかったが、一度も見たことがない姿という点ではきのうと同じだった。叔父がそばに跪《ひざまず》き、父の名を呼びながらそっと肩を揺すった。反応も、息もなかった。

千尋が急いでポケットから携帯電話を取り出した。すると背後に立っていた兄が、真上に引き抜くようにしてそれを取り上げ、振り返った千尋と向かい合った。

「救急車を呼ぶだけだ」千尋が言うと、「呼んでどうする？」と兄は囁いた。「すでに一体、警察にあるんだぞ。あちこちばらまいてどうすんだ、こんなもん」

「見殺しにしろってのか」

「見殺しも何もねえんだよ。三日前に死んだ男だ」

千尋は大きく息を吸い、荒れかけた息を抑え込んだ。そして細かくちぎれた言葉を、やっと二つ、絞り出した。「律。俺は」

「お前の考えはわかってる」兄はこれ見よがしなほど落ち着いた声で遮った。「でも、大丈夫だ、考えるのは俺と叔父さんでやる。お前はメシを作れ」

千尋は引かなかった。もう何も言おうとはしなかったが、その場を動こうともしなかった。兄が咎めるような目を、千尋にではなく僕に向けた。指先に少しずつ力を加えるやり方で僕が背を押すと、ある一線を越えたところで千尋は急に従順になり、顔を伏せて出口へと向かった。

僕もそれに付き添ったが、すれ違いざま、兄の携帯電話が鳴り出して思わず振り返った。尻ポケットから引っぱり出した電話の画面に、「本田さん」と表示されているのが見えた。目元に一瞬、逡巡の歪みが浮かんだが、払《はら》い除《の》けるように咳払いをすると兄はすぐに電話に出た。

しばらくは、ああ、とか、うん、とかいう薄い返事が続いた。が、やがて唐突に明瞭な声で、たぶん相手の言葉をなぞって兄は言った。「くも膜下」

一人、空気の軽い廊下に出た千尋は、キッチンには戻らずその場から兄の声を聞いていた。僕は廊下と脱衣所の境界に、露骨に侵入者を阻む格好で——いつでも脚を遮断機として出せるよう、ドア枠に背をもたせて——立ったが、それは千尋よりむしろ兄のほうを気遣った文字通りポーズだったので、意識はやはり兄の声に向けていた。その場所から父の姿は見えなかったが、父を見下ろす兄の横顔は見えた。そのせいもあり、兄の口から告げられた死因がいったいいつのものなのか、一瞬、わからなくなった。

「まあ、それはいいんだけど——」と兄は歯切れの悪い返答をしてから、驚きを含む大声で、「いや。困る」とはっきり言った。「まだ引き取れない。もう少しそっちに置いといてくれ」兄は風呂場に背を向け、右手をポケットに突っ込んだ。「それはわかる。だいたいの流れはわかってる。わかってるんだけど今、ちょっと新しい問題が起きてて、まずそっちを片付けなきゃならないんだ。それであの、本田さん——」とそこで今朝の僕と同じように、兄は洗濯機の上の高窓を見上げた。「忙しいとこ悪いんだけど、今からこっちに来られないかな。見てもらいたいものがあるんだ、あと、折り入って相談したいことが。きのうと同じ車で来られます？　人を運べるやつだ、でも、できれば一人で来てほしい。くるくる回る赤い光はなしで、玄関に直付けする感じで。無理言ってほんと、申し訳ないんだけど……」

叔父がようやく風呂場から出てきた。濡れた靴下を脱ぎ、洗濯機に放り込むと、そこでちょうど通話を終えた兄と顔を合わせた。自分が放心しているあいだにどんどん物事を押し進めていく甥を、叔父はやはり少しぼんやりした様子で見つめた。

その目に非難の色はなかったが、「こうするほかないと思って」と兄は相談なく刑事を呼んだことを言い開いた。「こっちでなんとかしようとして、遺棄扱いされるよりは……」

叔父は頷いた。兄の腕を叩き、僕の前を通って廊下に出た。そこで不意に千尋と出くわし、立ち止まりかけたが、結局そのままダイニングのほうへ抜けていった。兄も続いた。動かすなよ、と釘を刺しながらまた電話を操作し、別の誰かを呼び出していた。

兄の姿がすっかり見えなくなるまで待って、千尋は再び脱衣所に足を踏み入れた。歩きながら靴下を脱ぎ、ズボンの裾をまくり、躊躇せず父に寄っていった。僕は脱衣所と風呂場の境界へと監視の場を移し、そこに腰を下ろした。叔父はボディタオルで父の陰部を隠してやっていたが、千尋はその上からさらに大判のバスタオルを、湯冷めを防ごうとするようにかけてやり、父の頭のすぐそばにバスチェアを引き寄せて座った。そしてシャワーを取り、お湯を出して、父の髪に残った泡を流し始めた。梵字の刻印された千尋の指が優しく父の髪に差し込まれるのを、再び立ち始めた湯気の中で僕は見つめた。罰せられている気になった。みるみる濃くなっていく湯気が、僕と二人とをやがて完全に隔てた。

ややあって、表から静かな騒々しさが来た。外部者が入り込んだとき特有の、わっと塵が舞い上がるような浮遊感が開かれたままの戸から入り込んでくる。また死んだ、という兄の声が聞こえた。間を置かず返される。また？

本田は颯爽と現れた。スーツ姿の彼は、風呂場では外部者どころか異星人のように見えた。父のそばに座り込んだ千尋に威嚇の表情を向けられ、つと足を止めたが、むしろそこは自分の領域だと遺体を見て悟ったようだった。父、床、壁、天井の順に視線を巡らせ、また父に目を向けると、彼はポケットから白い手袋を取り出して両手にはめた。そして己の有する権利のすべてを行使し、こう尋ねた。「これは誰ですか？」

「別に誰でも構わねえんだ」兄はまずそう答えてから、どいてろちい、とどやしつけた。「たぶん親父だと思うが、納得いかなきゃ調べてもいい。でも最初に言っておくと、こっちはそういうことには興味ない。この親父に混乱させられることにはもう全員慣れてるんだ。だから俺たちの望みは論理的説明なんかじゃなくて、もっと単純、死体を引き取ってもらうことだけだ。おたくと違って、うちにはこういうものを置いておく場所がない。とりあえず保管しておく設備もなければ、人知れず処理するやり方も知らない。困ってんだよ」

しゃがみ込んで父の体を調べていた本田は、ゆっくりと立ち上がった。振り返り、兄を見るその鋭い目に、今度こそはっきりと疑惑の色が浮かんだ。「この方は――このお父さんは、いつからこの家にいたんですか？」

「厳密にはわからない。最初に見たのはきのうの夜中だ。いつの間にか縁側にいた」

「お元気な状態で？」

「お元気な状態で現れて、一日過ごした。メシも食ったしウンコもした。で、さっき死んだ」

「お兄さんのほかにご兄弟は？」

洗い場の隅でうつむいている千尋を見ていた僕は、ぎょっとして本田に目を向けた。なぜ急に僕と話す気になったのか、その上なぜそんな不穏な質問をするのかと驚いたのだったが、彼の視線は、兄のななめ後ろに立つ叔父に向けられていた。

叔父はすぐには答えなかった。僕とは反対の思い違いをして、自分にへの質問だと気付いていないようにも見えたが、やがて小さく「いや」と答えた。「玄だけだ」

本田は叔父のその反応を、ひとまずの落としどころとしたようだった。「ご遺体はお預かりします」と切り上げる口調で言い、「諸々、不明な点はまあ、遺伝子検査で明らかになるでしょう」と暗に二人目の叔父の存在をほのめかした。今日一日、父と過ごした身からするとあまりに馬鹿げた推理だったが、笑う気にはなれなかった。

「どちらにせよ、ちょっと上に相談しますよ。明日また伺います」

今日の本田は完全に一人だったので、担架を運び出すのに兄が手を貸した。僕は玄関のドアを押さえて担架を通し、そのまま自分も外に出て、父がワゴン車に積み込まれる様子を見守った。人目を気にして外灯を消したせいで、背格好の似ている兄と本田は僕の目の中で双子のような影を作った。

兄が僕のいる軒下まで引き上げたとき、ひと筋、明るい光が差し、中からそっと千尋が出てきた。夜中にふと目を覚まし、親の声を聞きにきた子供を思わせる佇まいだった。よう、本田さん、と呼び止める声も頼りなげに揺れた。

運転席のドアを開けようとしていた本田は、その声に振り返った。千尋は凍えているように肩をすくめて歩いていき、「そっちのやり方に口出す気はないんだけど――」と切り出した。「ただ、きのうからどうもわからない。あんたなんで俺たちを捕まえないんだ？」

目の前までやってきた千尋の、びっしりとタトゥーに覆われているせいでほとんど闇と同化している腕を本田は見つめた。それから落ち着いた声で尋ねた。「何をしたんですか?」

「わからない」千尋はぽつりと答えた。「でも何かしたと思う。じゃなきゃ、すべきことをしなかったと思う。あんたみたいな人が調べてくれれば、きっとわかるよ」

もう名前を呼ぶのも億劫になった兄が、険のあるため息をついた。すると本田は兄を一瞥し、再び千尋に目を戻してから、「署に戻って検討します」と元気づけるように言った。「はっきりするまで、なるべく家から出ないように」

刑事の言葉が腹に染み入るのを待ってか、千尋はしばらくじっとして、それからこくりと頷いた。本田は千尋が軒下まで下がるのを見届けてから車に乗り込み、いかなる合図も残さずに去っていった。

千尋が指に梵字のタトゥーを入れたのは十八のときだ。第二関節と付け根のあいだに一文字ずつ、本番でとちらないよう、指にまじないをかけた。それから少しずつ、行く先々で彫り師のもとを訪ねては蛇だの蜘蛛だのトライバルだのを入れてもらうようになり、その範囲も手から前腕へ、上腕へ、肩へと広がっていった。

「だってとにかく落ち着くんだ」五年前、豊前《ぶぜん》の銭湯で筋者ふうの客に絡まれたとき、愛想笑いと口八丁でどうにかその場を切り抜けたあとで千尋は言った。「新しい土地に来ると、なんかふわふわするだろ。これまでのことがリセットされた感じがして、どうすりゃいいかわからなくなる。でも何か一つ彫ると、そういうのが全部落ち着く。荊《いばら》と一緒に、自分の体も豊前に根付いていく感じがするんだよ」

そうして一番新しい、上腕にぐるりと巻き付けた荊のタトゥーを嬉しそうに僕に見せた。お前ほど放浪生活に向かない奴はいないなとつい言ったのを覚えている。

千尋が信じ、僕が信じなかった神秘の力は、それでも僕の見ている前で実際千尋を強くした。永続的な魔法にかけられた指はいつも僕を、百弦をけしかけ、客席に火をつけた。

その指が父の洗髪を引き継いだのを見たときからあった、何か胸騒ぎに似た思いと、細く開けていた窓から入り込んだ雨の匂いの中で翌朝は目覚めた。雨音がかえって際立たせる家内の静けさの中、自然と忍ぶようになる足で階段を降り、ダイニングに入ると、すぐに千尋の姿が目に入った。ソファの背もたれに軽く腰をのせ、そっと下を覗き込んでいた。雨越しの朝日に淡く照らし出されたその満ち足りた横顔の、知らない甘やかさに僕は見入った。

こちらに気が付き、ヒヒヒと笑いながら寝癖髪を揺らす様子は、しかしもういつもの千尋だった。つられて笑いながら、僕もソファを覗き込んだ。もう少しでいびきに転じそうな寝息をたて、父が眠っていた。毛布をかけ直してやる千尋の柔らかな手つきを見ながら、この指で連れ戻したのだとごく自然に思った。

しつこいな。僕が囁くと、千尋は笑って頷いた。まあ、根に持つタイプだしな。

父は味噌汁の匂いで目を覚ました。しばらくはその場でぼんやりと雨を眺め、千尋が持ってきたお茶を飲み、和室から出てきた叔父におうと挨拶した。それからリビングじゅうをひっくり返す勢いでテレビのリモコンを探し始め、クッションやら本やら自分が脱ぎ捨てた靴下やらをあちこちに放りながら律、おい律と怒鳴り散らし、リモコンを探しているのかリモコンサイズに縮んだ兄を探しているのかという風情を醸していたが、籐椅子の上にあったのをようやく見つけ、何事かと起き出してきた兄にもういいと告げて朝の情報番組を見始めた。

前日のような驚愕も、興奮もなかったが、不思議と賑やかな朝だった。父は妙に機嫌が良く、脳がないのになぜ首脳会議と呼ぶんだとか俺は前からこの歌手が気に入らなかったとか水瓶座が何位か見逃したとか、テレビの情報と積極的に関わりながら納豆をかき混ぜ、かと思えば、お前ゆうべどこ行ってたんだといきなり兄の動向に興味を持った。兄の外出について誰かが触れるのはこれが初めてだったので、一瞬、妙な間が生まれたが、玄さんこそどこ行ってたのと兄はすぐに切り返してみんなを笑わせた。本当に意味がわかっているのか、父も笑い、サラダから豆を拾って兄にぶつけた。

朝食後、全員揃っての練習を一時間ばかりしたほかは前日と同じように過ぎた。父以外の四人にはなんとなく、本田を待つような雰囲気があったが、なぜだか来る気配はなかった。兄の電話も鳴らなかった。

その晩はトイレで死んだ。やはり物音がし、振動があり、戸を開けてみると——父はいつも鍵をかけない——床に倒れていた。便座から転がり落ちたようだった。

明日また来ると自分で言っておきながら呼ばれてようやく現れた本田は、そのことには触れもせず、昨夜よりはるかに事務的な態度で事に当たった。何も質問しないどころか、ほとんど僕らを見ようともしなかった。不可解だったが、「署に戻って」「上に相談」した結果の対応であることは間違いなかったので、こちらも黙って飲み込む態勢に入った。

明日も呼ぶかもしれない。兄が探りを入れるように言うと、小さく頷き、本田はやはり事務的に返した。伺います。

不機嫌にも見える相手の顔を兄はしばらく見つめていたが、やがて薄くほほ笑んだ。

本田が「上」から何を命じられたにせよ、深入りせずにいれば父の体の引き取り手にはおそらく困らない。その構図を、無駄のなくなった刑事の物腰ごと気に入ったようだった。

一方の千尋は兄の気に入った部分にこそ失望した様子だったが、やはり深くは踏み込まず、昨夜のように呼び止めることもなかった。千尋自身が、そもそも昨夜と違っていた。父が二度戻ったことで自信に似た力を得たこと、三度目も、四度目も戻るとすでに信じていることが、担架を運び出す本田から目をそらしたときの迷いなさでわかった。

そして実際、そのとおりになった。日に一度、父は死に、その都度戻るようになった。

日常になるのに、一週間もかからなかった。たいてい夜の七時から八時頃にどしんと家を震わせるので、それがやがて時報のようになり、毎晩十時にと決まった本田の迎えも含め、僕らはおのずと父の死が生むリズムに乗って生活するようになった。

「騒ぐことなく毎晩兄貴を回収してくれて、こっちとしてはそれだけでありがたいんだが――」と僕らがあえて触れずにいた本田の黙秘に、一度だけ、叔父がそっと挑んだ。「もしも何か、知ってることがあるなら教えてほしい。警察さんからしたら、こういうことってのは、そう珍しくもないのかな。つまり……何度も戻ってくるっていうのは？」

担架に乗せた父を運び出すために跪いていた本田は、その格好のまま叔父を見上げた。この手の追及はもうないと油断していたためか、無口な叔父に不意に踏み込まれたためか、いいえ、と答えた声にいつもの硬さはなかった。

本田は立ち上がり、観念したように叔父と向かい合った。そして、「お話しできることが何もないんです」と、久しぶりに人間らしい顔つきでそう言った。「珍しくないどころか、前例も、似たケースも見つかりません。そのせいで指示も曖昧で、そのくせ守秘義務だけは厳しくて。でも、お約束します。宮嶋さんにとって有益な情報を我々が隠しているということはありません、決して。というより、ご遺体をお引き受けすることと騒ぎにならないよう取り計らうことのほか、できることはないと言ったほうが正確ですが……」

そう言って本田はうつむいたが、叔父はほっとした様子だった。内情を窺えたことより、本田が腹を見せたことに安堵したようだった。「ああ。そうなの」と簡単に返した声にははっきりと感謝の響きがあり、以後、もう情報開示を求めることはなかった。

何にせよ父は死に続け、甦り続けた。神秘と相性のいい千尋にはしっくりくる日々だったようだ。くも膜下、という完全に意味を失ったはずの診断もただ一人、真摯に受け止め、少しでも改善できないかと献立に気を使うようになった。肉類は避け、魚や野菜、海藻類を中心に。脂っこい料理が好きな父をいかに騙すかということが千尋の一番の関心事になり、あれこれと新しい調理法を見つけ出しては実践した。複数回の死をまたいで新しい曲を覚える父を見て、今日の行いは明日の生に持ち越される、健康になればいずれ死ななくなる日が来ると、千尋はそう信じるようになっていた。

けれども兄の心はとうに、明日もあさってても跳び越えていた。兄が脳内で並行して描き進めているいくつかの未来図のうち、今やもっとも色鮮やかな一つには、来年も、再来年も、父の最期を看取り続けている自分たちの姿が映し出されていたはずだ。休暇という名の六月も残り二週間を切ったこの時点で兄は七月から十月の一週目までラインスケジュールを組み終えていたが、その予定どおりバンドが動いていく図のほうは、反対に、日ごと色褪せていったに違いない。僕はいつも昼過ぎに起きてくる兄が、のそっとダイニングに現れ、キッチンへ入り、冷蔵庫を開け、取り分けられた食事を取り出し、レンジであたため、それを持って僕と千尋の試合を見にリビングに来るまで、父のいる縁側に目をやらないことに気付いていた。ゆうべどこへ行っていたんだと聞かれ、玄さんこそどこへ行ってたのと返す軽やかさは、もうなかった。祈りのような千尋の日々と、焦慮に満ちた兄の日々の重なり合う、視界の利かない日常から僕は自然と目をそむけた。そしてその目を、やはり自然と本田に向けた。夜になると現れ、いつまでたっても耳慣れない、硬い言葉を二言三言残して去っていく彼は、膿むように淀んでいく家の中にいっとき風を通してくれるように僕には感じられるのだった。

それは父が初めて戻ったあの日、脱衣所の高窓から逃げた心が自然と彼に行き着いたことと、もちろんまっすぐ繋がっていた。父という謎を共有しているという点でも、間取りを知り尽くした足で家の中を歩けるという点でも本田は我が家の一員じみてきていたが、それでも、やはり外の人間だった。僕は本田のこれまでを知らず、本田も僕のこれまでを知らない。それでもお互いおおよそ三十年を生きた命で、おおよそ六十年を生きた死を挟んでいる。家の中ではまず感じ得ないその遠さに、救いを超え、僕はいつしか冒険を予感するようになっていた。

十時過ぎまで父が長生きする晩は、だから、僕が旅する晩だった。僕は玄関脇のポーチにキャンプチェアを置いて本田を座らせ、淹れたてのコーヒーを出し、外灯よりずっと光量の少ないキャンドルランタンをチェアの足元に設置して、自分はその隣に腰を下ろした。そして父が家を震わせるまで、知らない人の死体を見るのはどんな気持ちかとか、何人兄弟かとか、ネクタイは何本持っているかというようなことを、一人旅の気分で尋ねた。

プライベートに関することをいきなり聞いたせいだと思う、本田は少し警戒していたが、最初のうちだけだった。くつろいだ様子で、やがてなんでも話すようになった。知らない人の死体を見てもう今はもうどんな気持ちにもならない、兄弟はいない、ネクタイは十本持っている。敬語は自然と身についた。家事で午前中を潰した経験は一度もない。

知ることがもし近付くことなら、問いと答えを重ねていくうち親族同士になりはしないかと不安だった。しかし本田はいつまでも遠く、それどころか、知るほどに遠ざかりさえした。だから僕はどうすればそちらへ辿り着けるのか皆目見当もつかないまま、尽きない旅路にただ感謝して歩くのだった。

それが礼儀だと思ったのか、本田も時折こちらの生活のことを尋ねた。彼の質問に沿い、僕は百弦がどういう経路で全国を回るのか、道中どんなトラブルに見舞われたかなどを話して聞かせたが、本田もまた僕の話を完全にはとらえきれない様子で、しばしばぽっかりとした相槌を打つばかりになった。するとなぜだか僕はその無理解、放心、倦怠に深い安堵をおぼえ、ただ漠然と惹かれていた本田との距離に何か真理めいたものを感じるようになっていった。それを感じたいがためにわざと音楽用語を並べ、延々と専門的な話をしたことも、一度か二度あった。

バンジョーがどういう楽器か知らないという衝撃の告白を受けた次の晩、さっそく見せてやった。ソロパートのある曲をいくつか弾いてみせ、そこで本田は僕にとって初めての、拍手もしなければお世辞も言わない客になったが、いかにも場つなぎの口ぶりで、「旅回りの楽団らしい雰囲気ですね」とは言った。「少しせつない感じだけど、懐かしいような気もします」

「百弦の曲はどれも、旅と郷愁がテーマだからね」と僕は解説した。「歌詞は全然関係ないことを歌ってても、実際はどれも故郷《ふるさと》の曲。家を目指して進む旅の音楽なんだ」

「ということは、月夜野やこの家をイメージした――」

「いや、いや」僕は笑って遮った。もしこの場に父がいたら、月夜野という土地と故郷とをこれほどはっきりと繋いだ本田を、誰かも知らないまま引っぱたいていただろう。僕の笑いが延びたのは、しかしその可笑《おか》しさのためよりは、本田の無知が清々《すがすが》しかったからだった。バンジョーを知らない、我が家の禁句を知らない本田に、危険なことをもっと言ってほしかった。父の作り上げた家を、その無知で壊してみせてほしかった。

「家ってのはね、本田さん、概念なんだよ」僕はあぐらをかいた足の上にバンジョーをのせ、父の論を自分の論のように披露した。「実際には存在しないものなんだ。家をネタにした商売ってのは、だから元手がいっさいかからない。それに俺たちみたいなイベント族は、結局、老いも若きも踊らせなきゃなんないだろ。そういうとき、家ほど手堅い餌はないんだ。赤ん坊から年寄りまで、誰もが家を恋しがってるんだから」

そこで腕を組み、軽く居住まいを正した本田が南東に百キロ、生まれ故郷の館林へと思いを馳せるのを僕は感じ、「自分が生まれたときのことを、だって、誰が知ってる?」と引き戻した。

「本当は誰も知らないんだ。自分がいったいどこから来たのか。でもなかなか知らないままにしておけないのは、ルーツに対する、人間にはそれこそ根源的な欲求があって、そこんとこをはっきりさせなきゃ不安で夜も眠れないからだ。だから誰もがあんたみたいに、俺はここで生まれた、ここが俺の家なんだと言える場所をでっちあげる。無意識のうちにそうする。そしてそういう垢抜けない連中を俺たちが、要は、カモ

る」

　本田は笑い、視線を夜の前庭に移した。その安穏な横顔にはっきりと憧れを感じながら、「今こそ家に帰らなきゃと、音の力で思わせるんだよ」と僕は続けた。「ここはまだ家じゃない、自分には本当の故郷があると、その土地の地元民にさえ思わせるんだ。するとありがたいことに、そのうちの何人かは、俺たちを追ってりゃいつかそこに辿り着けるんじゃないかと考えてくれる。でも言うまでもなく、俺たちは誰のことも、どこにも連れていきやしない。何も約束しないし、どんな責任も取らない。ノスタルジーとライブ後の興奮と売り口上につられてつい買ったCDを、家に帰ってインポートして、ありもしない故郷をみんながあらためて探し始める頃には、俺たちはもう次の町だ。この商売を、だから俺たちは弾き逃げって呼んでる」

　調子良く、そこまで話して息を吸った。空虚なまでに軽くなった胸を、湿った夜気が内から冷やした。再び自分に向けられた本田の目から、今さら逃げ、背後の家から響いてきたほろ酔い機嫌のギターを聴いた。《眠らない夜を　歩む羊よ》とそこに北本の詩が、父のだみ声で乗った。《お前は一匹　ただ一匹　夜とおんなじ　色をしていて――》

　なんとなく、その声は本田に聴かせないほうがいいような気がして僕は再び楽器を構えたが、自然とギターに合わせようとする指に嫌気が差してすぐ止めた。フィンガーピックを三つ、指から外してポケットに入れ、楽器は膝の上に寝かせた。すると別のバンジョーが、僕のパートなどもとからなかったかのように演奏に加わった。ウッドベースも従った。その晩のフィドルは、僕の耳にハーモニカの音色で響いた。《白い奴らに 声もかけずに 出て行くんだ その蹄を 闇に向けて》

ほかの四人の演奏を、一人、外れた場所から聴くのは初めてではなかった。車や楽屋に何かを取りに戻っているあいだにリハーサルが始まることが時折あったし、レコーディング前の練習は誰がトイレに立とうと続いた。そういうとき僕はいつも自分でも戸惑うほど強烈な不安を感じ、大急ぎでみんなのもとへ戻るのだった――そしてそこにまだ自分の居場所があることを、千尋から送られる合図や、兄から渡される旋律や、叔父から託される和音で確認した。そうして交差し、交錯しながら百にも、千にも音を膨らませていく弦と、ともにこの身を震わせるときほど幸せな時間はなかった。連帯が強く全身を締めつけるその感覚は、バンジョーを与えられて以来頻繁に僕を殴るようになった兄の、その拳のもたらす痛みによく似ていた。愛と正しさが身に直に刻まれる。誇らしさに息が詰まる。父がいて、兄がいて、僕がいる。百弦という家がある。禁じられていた涙をこらえるたびに思ったものだ。これほど恵まれた人生はない。

キャンドルランタンの光の中で、細く、柔らかな雨が白く明滅し始めた。遠く響く四人の音がかつてないほどに恋しく、バンジョーに触れた手が震えた。

「今日はなんだか賑やかですね」本田がぼそっと呟いた。それから少し、顔を突き出すようにして夜空を見上げた。「降ってきたな……」

つられて見上げ、あるはずのない月を探しながら、月夜野で月を見た覚えのないのにふと気付いた。どこなんだ、と不意に怒りに似た訝《いぶか》りが湧いた。月は。ここは。次の夏、俺が向かうべきなのは。

すると自然に浮かんだのは、子供の頃、押し入れの中で夢想したあの草地だった。夏の光を映しながら誘うようにそよぐ青草が、今、あの頃と同じ鮮やかさで見えた。ただ一つ、家族で向かう場所だとは感じないことだけ、違っていた。

本田はまだ雨を見ていた。そこから来た人のようだ。そう思ったら涙が出た。

僕は笑い、顔を両手で覆った。なぜこれほど時間がかかるのか。一人で生きてみたいのだと、ただそう自覚するだけのことに。しかし今は、その非力さのぶんまで嬉しかった。一人だけでここまできた。旅はきっとこれからだったが、そう思えた。

桂さん、と本田が呼んだとき、ギターが鳴り止み、家が震えた。一人、振動と騒音のあとまで歌い続けていたフィドルが、引き絞るように曲を締めた。

一晩中降り続いた。昼を過ぎてもまだ降っていた。それでも心はよく晴れて、初めて感じる自分自身への心強さも、固く締まった地に立ったような確かさとともに身に馴染んだ。

じきその足で、一人、出て行く。そう思うと家も、家事も、これまでよりかえって近く感じられた。何もかもを置いていくことはできない、経験はすでに自分の一部なのだと、旅支度のように考えながら家族がテーブルに残していった食器を集めた。

僕がどこか変わったことに、千尋はたぶん気付いていた。朝から妙によそよそしいのはきっとそのせいだったが、変化の正体を見極めようとはせず、昼の片付けそっちのけで白胡麻をする作業に打ち込んでいた。血中コレステロール値を下げる成分が豊富に含まれている、ということで、胡麻は父の食事に気を使いたい千尋の最近お気に入りの食材だった。カウンターに置いたすり鉢に覆い被さるようにすりこ木を押し付け、黙々とすり続けていた。

僕はそのごりごりという、雨音を優にかき消す献身の音を聞きながら食器を流しへと運んだ。叔父はもう午後の仕事をしに家を出ており、父はいつもの縁側で、本を手に持ったままこくりこくりと船を漕いでいた。

そのゆるやかな空気の中に、やっと起きてきた兄の気怠げな足音が加わった。皿を洗い終えて振り返ると、カウンターの向こう側についた兄と目が合った。いつもならそれで朝の挨拶は終了で、おう、とたとえ言葉を交わすにしてもその程度なのが、そのとき、僕の口からは自然と明瞭な挨拶が飛び出した。「おはよう、律」

兄の目から眠気が払われ、かわりに鋭さが備わった。自分の声にまるで部下に対するような、突きつける感じがあったことにそこで気付いたが、不思議と恐れも後悔もなかった。兄はじっと僕を見つめた。僕は真っ向から見返した。最初は責めるようだった兄の目はじき問うように、その後探るように、やがてただ眺めるようになった。自分が少しも兄を恐れていないことを、そしてそれを兄のほうも認めたことを、最後に黒い光を宿した兄の目を見て僕は悟った。ようやく僕から目をそらすと、コーヒー、と兄は千尋に言いつけた。

昼の残りのコーヒーを受け取ると、再び胡麻すり作業に戻ろうとした千尋に、「お前それやめろ」と兄はきっぱり申し渡した。千尋はすりこ木を置き、兄を窺った。単に寝起きの不機嫌か、それとも芯のある怒りか推し量ろうとしている様子だった。コーヒーをするあいだ兄はそんな千尋をちらりとも見なかったが、マグを置くと同時に突き上げるようににらみつけた。「なんだよ」

そのとき、ごとんと物の落ちる音が響いた。僕と千尋は縁側に目をやり、手から落ちた本を億劫そうに拾い上げる父を眺めたが、兄は振り返らず、誰かが置いてそのままにしたチョコレートの箱から一個取り出して口へ放った。父は眠たげに唸りながら伸びをし、大きく息を吐いてから、のんびりと読みさしのページを探した。

玄さんお茶飲むかな、と千尋が電気ケトルのほうへ動きかけた。すると兄が、雑に丸めたチョコレートの包み紙をすり鉢の中へ捨てた。千尋はまずすり鉢を、それから兄を見た。みるみる赤らんでいく首筋といかった肩には今や明確に反逆の意思が見て取れたが、まだかろうじて、序列への忠誠のほうが強かった。千尋は動かず、ただ兄を見つめ続けた。

「俺が思うに」兄は包み紙を捨てるのと同じ素っ気なさで言った。「奴がしつこく戻ってくるのは、お前が居場所を作るせいだ」

カウンターにのせていた腕を下ろし、兄は何らかの指示を含んだ目を僕に向けた。そしていっときその目を閉じ、細く息を吐き出した。それから振り返り、ゆっくりとリビングを渡りながら、将棋に誘うような声で呼んだ。なあ、玄さん――

ダイニング、リビングと二間もの隔たりがあっても不思議と、父がまだ午睡の心地良さの中にいるのがわかった。開いた本に目を落としてはいたが、ひょっとするとまた眠りかけていたのかもしれない。向かいの椅子に立てかけられたギターを窓際に移し、空いたその席に腰を下ろした兄を見たとき、父はこの世ならざる何か神聖なものを目にしたかのように、一瞬、顔を輝かせた。そしてすぐ、愛おしげにその顔をほぐしていった。

兄に生まれつき備わっている、人に美しさと錯覚させる憂いの色を、事実、父は愛していた。すべてが欠けた親指の恩恵であることにも、兄自身がそれを自覚し、外部とのやり取りにおおいに利用していることにも満足で、実際のところ、兄の体が不完全であることにもっとも魅了されているのはおそらく父だった。酔ったときにはひょいと兄の右手を取り、言葉ではっきりとその愛を伝えることもあった――「お前、これ、どこで落っことしてきたんだよ?」

まどろみの中にふわりと現れた兄に、それにしても長く見とれていた。その眼差しにいつしか宿った切実さを、僕はかつて父の中に見たことがなかった。父が眠りより深い場所から目覚めたように、あるいは父自身にもわからずにいた復活の理由を、今、ようやく見出したように僕には見えた。

「相談があるんだ、スケジュールのことで」と、対する兄はしかしあくまで兄の調子で切り出した。「知ってると思うけど、次のツアーの一発目は来月頭の岩見沢だ。ただ新曲も溜まってきてるんで、少し早めに出発して、できればまず札幌でレコーディングしたい。来週の半ばにはここを発ちたいってことだ、要するに」自分の言葉に応えるように、兄は浅く頷いて、「でも一つ問題がある。玄さんだ」と同じ調子で続けた。

「誤解しないでくれ。俺は別に玄さんの死に方にケチつけようってんじゃない。ただ、こう何度も行っては戻りされちゃ身動きが取れねえんだってことを言いたいだけだ。自然とこうなっちまうんだってことはわかってる。俺たちを困らせようとしてわざわざこんな悪趣味なことを始めたんじゃないってことはな。でも俺は、実は一つ疑ってる。自分はもう死んでるってことを、玄さんは、あんまりよくわかってないんじゃないかって……」兄はほのかな笑みを浮かべ、愛すべき欠陥を備えた右手を左手と組ませて腹に置いた。

「というか、そんなこと、別にどっちでもいいと思ってねえか。死んでようが生きてようがそんなことはどうでもよくて、ただなんとなく戻ってきちゃあ食って弾いて寝て読んで、自分のことも、俺たちのことも、バンドのこともろくに考えちゃいない。

なあ、違うか」

兄を見る、父の目が鋭くなった。そして、まるで今から対話を始めるような調子で言った。

「お前、ゆうべどこ行ってた」

兄は答えなかった。身動きすらしなかった。

腕を組み、父はさらに尋ねた。「毎晩、お前、誰と会ってる」

「先に質問したのは俺だ」兄は椅子にもたせていた上体を起こし、前屈みになった。

「答えてくれ。死ぬ気はあるか？」

父の顔に、再び慈愛の色が滲んだ。「小賢しいわりに、昔っからどっか抜けてんだよなあ……」可笑しげにそう呟いてから、「お前、俺がもう何十年環と付き合ってると思ってんだ」と言った。「なあ律よ、お前自分の父親が、いつかは消えると思うのか。死んでくれで死んでくれると思うのか」

「死んでほしいわけじゃない。自由にしてほしいだけだ」父の調子に引きずられまいと、一語一語、据えるように兄は言った。「玄さん。そもそもあんたが始めたことだろう。俺たちに楽器を与えて、旅に連れ出して、それ以外の道を塞いだ。それならそれで、筋ってもんを通してくれ。俺たちを行かせてくれ。玄さんが教えてくれた生き方でせめて生きさせてくれよ」

するとと父は笑みを浮かべ、兄と同じように前屈みの姿勢になった。そうしてとっくりと兄を見つめ、「これがそれだとわからねえか」と惑わすように囁いた。「なあ、律——」

「俺はな、玄さん」と兄はしかしはね除けた。「玄さんほどは自分の親父を見くびっちゃいないんだ。玄さんがフィドルをくれてなきゃ俺はきっと欠けっぱなしだった。いじけた人間にならずに済んだのは玄さんのおかげだ。玄さんは俺に何が必要かわかってる。そう信じてるからこうして頼み込んでんだ。感謝も期待もされるだけ迷惑だろうが、思い通りにはいかねえよ、因果ってそういうもんだろう。その中でなんとか落とし前をつけていくのがボスってもんじゃねえのか。なあ、桂と千尋がいくつになるかわかってるか。あのチビどもが、あと二年で三十だぞ。高校も出てない、常識もない、百弦以外の世界を何も知らねえで歳だけ食ったガキどもを、玄さん、あんたが作ったんだ。そのケツも持たねえってんなら何のためのボスだよ」

「お前、百弦をなんだと思ってんだ」父は急に大声を出した。「チームじゃねえんだぞ。百弦は呪いだ。音楽は毒だ。感謝だのケツ持ちだの、今さらよくそんな甘えたことが言えたもんだな」

「甘えてんのはあんただろうが」真っ向から返す、その喉が轟《とどろ》いた。「そっちがどんなつもりだろうと、俺には俺の百弦だ」

すると父は威勢よく笑った。背を再び背もたれにあずけ、折れた犬歯の穴を見せつけるような笑顔で、「それで女と会ってんのか！」と吐き捨てた。「お前の百弦をやろうってんだな。さっさと俺を追い出して、女を連れ込みたいわけだ……」

「畜生、なんでこう話ができねえんだ！」そう怒鳴りながら蹴り上げられ、宙に浮いたテーブルが、ガラスの天板を下にして落ちた。高音の破砕音は僕の胸を抉り、千尋を立ち上がらせたが、「俺たちの話をしてるのがわからねえか」と兄はさらに鋭く怒鳴った。「これは俺たちの話だ。俺と玄さんの話だ。なあ、よう、俺の声が聞こえてるか」

兄の怒声とガラスの音に煽られ、父は顔を上気させた。もう笑みは消えていた。「ここが女の住める家だと、それじゃあお前は本気でそう思うのか」父は暗く囁いた。「どうせガキだろ。お前が欲しいのは。同じ女にこだわって、五年も通って、一途なつもりだろうがなんでできねえかわかるか。年にひと月だからじゃない。お前が俺の子だからだ」

教えをまっすぐ届けようとするように、父は組んでいた足を解いた。「お前に女はいらねえんだ、律。宮嶋の家に女はいらない。音楽とハッタリは教えても、だから女は教えなかった」

兄は決然と立ち上がった。そしてギターのネックを引っ掴み、再び何かを言いかけた父の口を下から打った。抜刀の軌道だったが、音は槌ほども重かった。その一撃で父は籐椅子もろとも倒れたが、ガラス片を踏みながら兄はさらに迫り、ギターの側板を肩にあてて父を見下ろした。そして猛る獣の如く吠えた。「押さえてろ!」

それが自分に向けられた言葉であること、押さえるべきは父ではなく千尋であることを僕は瞬時に理解した。すでにカウンターを飛び越えかけていた千尋を僕は背後から抱き込み、そのままキッチンの床に引き倒した。ギターが骨を打つ重い音の再び響く中、仰向けに倒れた千尋をすぐさま膝の下に組み伏せ、胸ぐらを掴んだ拳に僕は全体重をかけた。

「目を覚ませ!」天地に顔を向かい合わせ、僕と千尋は同時に怒鳴った。「わかってねえんだ、お前らは何も!」もがきながら千尋が続けた。「玄さんのことを、お前らはなんにもわかっちゃいない。実の父親ってだけで最初《ハナ》っからナメてやがるんだ!」

いつだ、最初って? 反射的に生じた苛立ちと「実の父親」という言葉は、しかし父ではなく叔父の像を呼び、父に対する半分も叔父に優しくしてこなかった千尋の顔を僕は思いきり殴りつけた。指だけは決して痛めてはならないというこの期に及んでもなお浮かぶ禁則に、自ら飛び込む勢いで何度も、何度も殴った。楽器を持って二、三年経った頃、努力と上達をただひたすらに求める父に追い詰められ、練習にまるで身が入らなくなったとき、叔父が二本のバンジョーのための曲を作ってくれたことを僕は思い出していた。僕と千尋で交互に主旋律を担当し、ふざけながら転げ回っていくような曲で、あまりの楽しさに涙が出て、音楽は自分を苦しめるためだけにあるのではないのだと僕はそのときようやく信じることができたのだ。叔父は音楽から恵みを受ける方法を知っていた。毒を血清に変える魔法を持っていた。叔父がいなければ、僕は今日までバンジョーを続けられなかった。

自分の吐息がいやに鋭く、澄んで聞こえ、静寂に気が付いた。千尋はいつの間にか抵抗をやめ、赤黒く腫れた頬をこちらに向けてシンク下を睨みつけていた。窺うように耳を澄ましたが、キッチンの外からは物音一つ、息遣い一つ聞こえず、千尋の胸に押し付けた膝頭が受ける鼓動だけが妙に鮮やかに響いた。

ありえないような静けさだった。心の中で一度だけ兄の名を呼び、それきり、息も動きも止めた。膝の下の鼓動が乱れ、千尋が声もなく涙を流し始めた。

眠りへの期待は最初から捨て、その晩、僕は自分の部屋の窓辺に椅子を置き、そこから暗い前庭を眺めた。電柱につけられた外灯の光がわずかに前庭まで届き、白いキャンピングカーをぼんやりと照らし出していた。荒れ放題の生け垣で一応の構えになっているだけの正門に、やがて自然と目が行った。少し待ったが、兄は帰って来なかった。

どこから入り込んでくるのか、閉めきった部屋にも夜気が満ち、冷えた土の匂いまでするようだったが、体の芯はまだ昼間の熱を残していた。千尋の歯に当たって抉れた、手の傷も疼いた。

ふと、階下で小さな物音がした。叔父だと直感し、迷わずに部屋を出た。

一階には、意外にも、叔父のほかに千尋もいた。叔父はダイニングテーブルについてひっそりとグラスを傾け、千尋は暗いリビングで、体に毛布を巻き付けてソファにもたれていた。小さないびきが聞こえなければそこにいることも気付けなかったほどの、ぽつねんとした寝姿だった。今の今まで叔父はずっとこの姿を見守っていたのだと、その場に足を踏み入れ、二階よりどこかぬくい空気に触れて察した。

それでも僕がダイニングに入ったときには、叔父はすでにこちらに目を向けていた。

そして、小声の届く距離まで近付いた僕に、「お前の足音――」と囁いた。「まずいな。ぎょっとしたよ。親父にそっくりだ」

「俺の親父？　叔父さんの親父？」苦笑いで返すと、叔父も笑った。「好きなほうでいいよ」

　僕は叔父と同じウイスキーのロックを作り、いつも兄が使う、カウンターの外側のスツールに腰掛けた。いつから飲んでるのと聞くと、いや、今だよ、と叔父は答えた。「眠れそうにないんで、いっそ起きて待っていようと思って」それを聞き、つい見つめると、「ああ、律をな」と叔父は付け加えた。「あいつに悪いことした。ちゃんと気付いてやるんだった。負わせなくていいもん負わせちまったよ」

　家の中で起きたことを、叔父に伝えたのは僕だった。兄が出て行ったあと、家の中を片付け、壊れたギターを庭の隅に置いてからキャンピングカーを訪ねた。玄はもう戻らないかもしれない、とそう告げた。律が玄をやった。それを聞くと叔父はもともと細い目を、痛みを感知したようにいっそう細めた。

　今は静けさに従うように、ただそっと伏せられているその目を見ながら、この人は自分の兄をどう思っているのだろうと僕はふと考えた。父が叔父を信頼しているのは確かだった。特に僕らが幼かった頃は、唯一の拠り所だったろうと思う。でも叔父のほうは、信頼とも不信とも無縁の場所から呆然と父を眺めているような雰囲気だった。兄弟仲は悪くなかったが、それは単に父の血気に叔父が取り合わないというだけのことで、本当の相性の話ではなかった。叔父にとってなんの得にもならない全国巡業の提案に応じたときでさえ、父に対する叔父の心は読めなかった。ただ黙々と、キャンピングカーに機材を運び入れていた。

人の感情の中ではおそらくもっとも冷たい、無関心と呼ばれるものと叔父とが、そのとき不意に結びついた。ぎくりとしたが、六十年も一緒にいるのだと続けて気付いた。父という兄弟を諦めるには、十分すぎる年月に思えた。

心中で父と兄とを、初めて弟という立場から比べながら、「玄のほかにも兄弟がいるの」と僕は尋ねた。父が二度目に死んだとき、本田がそう聞いたのを思い出していた。

「いないよ」叔父は驚き顔で答えたが、本当は、としつこく迫ると笑い出し、「本当は、そうだな、弟が欲しかった」と白状した。「でもいない。玄がみんな追い出しちまったから」

「追い出した?」今度は僕が驚いた。「弟たちを?」

いや、と叔父は低く答え、ひと口飲んだ。「母親たちを」

キッチンの電球を一つつけたきりの、かえって明るさから遠ざかるような光の中でも、よく見ると叔父の顔がうっすら赤く染まっているのがわかった。実際にはどれほど飲んでいるのだろうと考えながら、その赤に、僕はかつて見たことのない叔父の怒りを連想した。

「俺たちの親父には理想があって、この土地で、それを実現させようとしてたんだ」と、しかし怒りからは程遠い、静かな声で叔父は語った。「恐ろしく混沌とした理想だったが、これ以上ないほど単純明快でもあった。親父はここに、ありとあらゆる命を集めて、そのすべてと繋がりを持とうとしたんだ。まず静寂——音楽家ってのはたいていそれを世界の土台みたいに考える——それから山。川。音楽。現実と幻想。男たちに子供たちに動物たち、そして女たち。俺たち息子のためじゃなかった。親父自身のためとも言い難かった。それでも理想と信念のために、入れ替わり立ち替わり、親父は新しい母親を連れてきたんだ」当時を望むような視線が、リビングまで延びながら暗くなっていった。

「それをそのたび、玄が追い出していった。怒鳴ったり殴ったりはしなかったが、ただ、洗濯かなんかしてるところへそっと寄っていってこう言うんだ。あんたのことは構わないが、喬より下の弟は殺す」

目は遠のいていたが、叔父の声はあくまでダイニングに留まった。不吉な言葉が千尋の夢を侵さないよう、繋ぎ止めているようだった。

しかし、言葉の波紋が届いたのか、千尋はそこで小さく寝言を呟いた。僕と叔父は同時に千尋に目をやり、縁側の、カーテンを閉め忘れた窓に映った影を、やはりおそらく同時に見つけた。

闇より濃い人影だった。庭に立ち、こちらを見ていた。

肌が粟立つのを感じながら、いつかの千尋の言葉を僕は思い出していた――死んだあとどうなるか、だって、誰が知ってる？　しかし窓の影を見ながら僕が本当に疑っていたのは、父の死ではなく誕生だった。母親たちのただ一人にも弟を生むことを許さなかった父が、我が身を女から出現させたとは僕には思えなかった。しかし、それなら父はどこから生まれ出たのだろう。

父の生まれを疑うことは自分の生まれを疑うことでもあったが、その疑いは、一度父にぶつけてみたことがあった。「玄さん、赤ちゃんはどこから来る？」と五つの頃、そう聞いた。「俺はどこから生まれた？」

それは赤ん坊というものを、初めて近くで見た日のことだった。弟が生まれたという友達の家に呼ばれたのだ。ベビーベッドの柵に手をかけ、覗き込むと、小さな小さな人間が水色のガーゼにくるまれて眠っていた。まんまるで、白く輝いて、いつか兄もこんなふうに僕を見たに違いないと、まだ楽器を抱いたことのない胸にかすかな誇りが宿ったのを覚えている。

しかしそのときのことでもっとも印象に残ったのは、赤ん坊を生んだのは母親だという友達の言葉だった。赤ん坊だけでなく、その友達も、同じ母親から生まれたということだった。

ほかの家にはたいてい母親という人がいる、ということは、そのときすでに受け入れていた。そういうことは家それぞれなんだと兄から教わっていたからで、事実、母親も父親もいる家もあれば母親しかいない家もあり、我が家の親が父一人でも、不自然だとは感じなかった。それに、父、兄、僕の三人ですでに完成された我が家には、想像上のどんな母親も馴染まなかった。

でももしすべての赤ん坊が母親から生まれてくるのなら、馴染まなさも家それぞれも、母親がいない理由にはならない。そう気が付いて、その晩、僕は初めて自分のルーツについて父に尋ねたのだった。玄さん、赤ちゃんはどこから来る？　俺はどこから生まれた？

父は開け放った窓のそばに腰を下ろし、風呂上がりの体を冷ましながら手の爪を切っていた。楽器の音も、テレビの音もない静けさの中に僕の問いは明瞭に響いたが、父は顔を上げなかった。右膝を抱え、パチン、パチン、と爪を切り続けていた。僕のすぐ隣でフィドルの手入れをしていた兄が、その音を尊重するように、静かに楽器をケースに収めた。

兄にこっそり聞くべき質問だったのだと僕はだんだんと察していったが、爪切りを終えてこちらを向いた父の顔は、意外にも穏やかだった。「自分じゃどう思う」と問い返してきた声も、落ち着いていた。

僕は少し考えるふりをしてから、「わかんない」と答えた。「でも今日見た赤ちゃんは、おばさんのお腹から来たって。みんな、だいたい、そうみたいな感じだったよ……」

すると父は爪切りを放り、「座れ」と自分の正面を指差した。そして、九本ぶんの爪を乗せたチラシを挟んで向かい合った僕に、「お前の兄貴が弾いてる楽器を、よその連中はなんて呼ぶ？」と聞いた。ヴァイオリン、と僕は答えた。「でも本当は？」フィドル。

「で、お前は？」父は縮こまるように正座した僕の目を覗き込んだ。「お前は宮嶋桂だ。俺の子だ。いいか桂、お前が今日会ったガキ、これから出会うガキ、ありとあらゆるガキが今後お前にこう吹き込むはずだ――みんなと同じで、お前も女生まれだと。そう言われたら唾を吐け。律を見て、俺を見ろ。自分の血筋を思い出せ」

父は右手を突き出して、きつく僕の左手を摑んだ。僕はその大きな手を――昔、酔いと怒りにまかせて剝がしたらそれきり爪が生えてこなくなったという、右の小指を見つめた。爪のないその指はいつ見ても少し醜く、いつ触れてもほかの指より柔らかかった。「お前は俺の子だ。俺だけの息子だ」その指に力を込め、父は囁いた。「わかったな」

僕は頷いた。それから尋ねた。律もでしょ？　すると父と兄は同時に笑い、律もだ、俺もだ、とやはり同時にそう言った。何が可笑しいのかわからなかったが、二人が笑うので僕も笑った。

笑う父の歯並みにぽっかりと空いていた穴の黒さと、窓に映る影の黒さとが、目の中で重なった。僕は歩き出し、ちい、と大きく呼びかける自分の声に想念を払わせた。

二度呼ばれ、肩を揺すられようやく目を覚ました千尋は、少しのあいだ、ここはどこだと言いたげにこちらを見上げていたが、窓の影に気付くとすぐに立ち上がった。まだ傷の生々しい顔が、輝きながら澄んでいった。父が二度目に戻った朝、千尋の上に知らない甘やかさを見たのを僕は思い出し、さっき自分で消した想念をまた持ち出して思った。こいつはきっと女から生まれた。

千尋は軽い足取りで縁側へと駆けていき、窓を開けた。冷たく湿った夜風とともに、草を揺らす足音が入ってきた。縁側の照明をつけると、ダイニングの叔父を照らしているのと同じ色の光が、庭の父を照らし出した。

こちらを見ていると思ったのは思い違いだった。父は家に背を向け、雑草の茂った地面を見回しながら歩いていた。足踏みと見分けのつかない、幼児のようにおぼつかない足つきだった。

「よう、玄さんおかえり」千尋は沓脱石《くつぬぎいし》の上のサンダルをつっかけて庭に降り、いつもと様子の違う父に、まるっきりいつもの調子で声をかけた。「何やってんだ、こんな時間に。入れよ」

父は振り返りも、返事もしなかった。千尋の声も聞こえていなければここがどこかもわかっていない様子だったが、弱々しい歩みには、それでも意思が感じられた。どうした、何探してる、明るくなってからにしようぜと何度声をかけられても応えず、草につまずき、よろけたところを支えられてやっと、下ばかり見ていた目が千尋をとらえた。

明かりに照らされたその目は、黄色く淀み、虚ろだった。声も出ず、喉からは息の細く漏れ出る音がするばかりだった。指の跡が、首にくっきりと残っていた。

その首にそっと触れ、「済まなかったな」と囁いた千尋は、いつの間にか頰を涙で濡らしていた。「本当に、玄さん、済まなかった。もう大丈夫だよ。これでみんなわかる。さあ入ろう。裸足じゃねえか」

僕と千尋に両脇から支えられ、父はなんとか縁側に上がった。遭難者の風情だったが、いつもの籐椅子に腰を下ろした途端、一日そこにいたかのようなくつろぎをみせた。庭に向けられた視線だけが、ただどこか名残惜しそうだった。千尋はお湯で濡らしたタオルを絞り、夜露と土で汚れた父の足を、指のあいだまで丁寧に拭いた。

叔父と僕と千尋は、様子を見るというよりなんとなくそばにいるという感じに、ふわりと父を取り囲んだ。急な変化にも、あんな死に方でもなお戻ったということそれ自体にも共有の心構えがあったような、穏やかな諦念が縁側に満ちた。おとなしいな、と身動きもせず、ものも言わなくなった父に叔父が声をかけた。やりゃできるじゃねえか。千尋のぶんまで、僕が笑った。

兄は明け方に戻った。ただいま、とぼそっとした声を聞いた瞬間、雨風から夜通し火を守り続けたような安堵と達成感とが身中に熱く広がった。千尋は顔も上げなかったが、叔父はすぐ立ち上がり、それ以上の進入を禁じられたような立ち姿でダイニングに佇む兄を出迎えにいった。おかえり、と外の匂いごと抱きしめた叔父に、ごめんなさい、と兄はかすれ声で返した。叔父の背に回した右手は震えていたが、父を見る目は揺れなかった。

どうにか五人揃ったその朝、僕は炊飯器の早炊きボタンを押してお湯を沸かせばいいだけの朝食——生卵、めかぶ、すり胡麻をふったインスタント味噌汁——をこしらえた。全員疲れ果てていたが、やはり全員空腹でもあった。庭を眺めるばかりの父は千尋の運んできた食事には目もくれず、お茶さえ飲もうとしなかったが、千尋はその隣にあぐらをかいて食べ、よく降るなあとか寒くないかとか声をかけた。叔父と兄と僕はテーブルにつき、黙々と、時折縁側に目をやりながら食べた。細く厚い雨が家を覆っていた。

その日の日中、父は籐椅子にかけてほとんど動かなかったが、空が暗くなり始めた頃に不意に立ち上がろうという意思を見せた。どうしたトイレか、と一日中そばについていた千尋が尋ねたが、父が行きたがったのは雨の降り止まない庭だった。一度は止めたが、あまりに出たがるので結局、長靴と雨合羽を着せてから千尋は父を庭に降ろした。昨夜と同じく地面を見ながらうろうろと彷徨《さまよ》う父を、千尋はじっと見守った。

その晩はこれまでのように突然事切れはせず、父は千尋の腕の中で静かに息を引き取った。庭の探索を三時間ほど続けた末、力尽き、千尋に引き上げられて戻った縁側で眠るように息絶えたのだった。

首に指の跡をつけた父を、昨晩、まるでいつかそうなると予期していたかのような落ち着きぶりで引き取っていった本田は、今夜もやはり落ち着いていた。ただ、父の隣に跪く千尋を見る目も、ゆうべは不在だった兄を見る目も暗く、僕はその目に捕まる前に顔を伏せた。彼とポーチで父の死を待つことはもうないことに、そこで気付いた。

担架を運び出し、ワゴン車を見送るまでは毅然としていた千尋は、しかし暗い廊下を戻る途中で突然身を震わせた。もういやだ。千尋は叫んだ。もうたくさんだ。それから強く涙を拭い、僕らの前で嘆いたことを悔やむ足取りで階段を上っていった。部屋にこもり、あとは声の漏れ出るのも構わずに泣いた。

追うというほどの確かさのない足取りで、それでも階段の下まで追った叔父は、そこから呆然と階上を見上げた。兄を抱きしめにいくときはためらわず踏み出た足が、階段の一段も上れずに凍りついていた。もう何年も、何十年も続いているその喪心を、見ていられずに僕は叔父の背に手を当てた。吐息で応え、普段どおりの笑みを作って叔父はダイニングのほうへ抜けた。

今夜くらいは家にいるだろうかと思いもしたが、深夜、兄はやはり出かけていった。部屋のカーテンを開ければその後ろ姿か、傘の影か、あるいは兄を迎えにきた車のライトが見えるだろうと考えながら、僕はベッドの中で目を閉じていた。そうして玄関から遠ざかる足音、外向きに伸びていく意思が、これまでよりかえってひたむきなのを感じた。隣の部屋では千尋がまだ泣いていた。泣き声は悲痛だったが、鼻をすすり上げたり、喉の奥を震わせたりするときの、壁や雨に濾されて穏やかになった振動に優しく寝床を揺らされるうち、いつしか寝入っていた。

その涙をいつ堰き止め、いつ部屋を出たのか、翌朝、僕が下に降りたとき千尋はすでに縁側にいた。やはり父の横に控え、バンジョーを爪弾いていた。こちらまで届かない声で時折父に何か囁いては、震えた笑い声を漏らす、その横顔がきのうより澄んで見え、少しあとに起きてきた叔父も、昼過ぎに降りてきた兄も、そんな千尋にどこか見とれるようだった。

千尋は父に合わせて朝も昼も食事を摂らず、置き石のようにじっと縁側に居続けたが、午後の遅い時間にふと立ち上がって縁側を離れた。ちょうど買い出しから戻ったところだった僕は、キャベツだの豆腐だのの入った袋をカウンターの上に載せたとき、こちらに近付いてくる千尋に気付いた。静かな表情と不釣合いの、何か重く迫ってくるものをその接近に感じて、ついカウンターの縁に手をついた。

そのカウンターを隔て、向かい合った。しばらくは黙っていた。雰囲気は強張っていたが、千尋の顔つきの柔らかさはなんだかあどけないほどだった。

「頼みがある」

ぽつりと呟いた千尋の顔にまだ青黒く残る、自分の激しさの跡を僕が見つめていると、「知っておいてほしいことがあるんだ」と千尋は続けて言った。「俺が今から話すことを、ただ、お前が知っておいてくれればそれでいいんだ」

僕は頷いた。千尋も頷き、スツールに掛けた。しかしそこで切り出しかねて、やがてほとんど呆然とし始めたので、なんか食うかと僕は日常の声で尋ねた。いや、と千尋は拒んだが、律が淹れた墨汁みたいなコーヒー飲むかと聞くとようやく笑顔をみせ、それはもらわねえと悪いなと呟いてから、「俺が玄さん玄さん言うのをお前がうるさがってることは、もう、ずっと前からわかってたんだ」とようやく話し始めた。「でも、理由がある。救ってもらった。十六のときだ」

受け取ったコーヒーを両手で包み、千尋はまっすぐに僕を見た。

「話としちゃ、別にたいしたことじゃない。ただ二人で歩いて、話した、それだけだ。巡業が始まって間もない頃、玄さんがよく旅先を散歩して回ってたのを覚えてるか。それに俺がしょっちゅうくっついていってたのを？　そのときに自然と――ここだけの話だって、そう言い合ったわけじゃなかったけど――打ち明け話をし合うようになった。すごく不思議な感じだったよ。玄さんって人は実は二人いるんじゃねえかと俺はちょっと本気で思った。それくらい、そういうときの玄さんは物静かで、優しくて、あったかいんだ。俺が変なことを言ってもちっとも馬鹿にしたりしないで、こういうことだろって言い換えたりもしないで、全部そのまま受け止めてくれる。あの時間のおかげでなんとか生きてこられたようなもんだ。だってそのとき俺はまだ十六で、タトゥーなんか一つもない、まっさらな腕をして、悲鳴みたいなもんは全部腹の中におさめておかなきゃならなかったんだから。何が怖いかもわからないまま毎日ただ怖くって、みんなのお荷物になる前に適当なところではぐれちまおうと、そんなことばっかり考えてた頃だったんだからな」

十六の頃。じゃあ玄さんが弾いたら、それとも俺が弾こうかという兄の言葉の真意を悟って震えていた頃だとすぐ繋がったが、千尋の記憶は、笑顔のほかに浮かばなかった。

「玄さんのほうも、いろんなことを話してくれた。思い出話が多かったけど、あんなときじゃなきゃ一生聞く機会はなかったような、そんな話ばっかりで、お前や律こそ聞くべきだってことも、たぶん、ずいぶん聞いたと思う。でも俺がそういうことに責任みたいなもんを感じてるのは、玄さんの甥っ子として、お前らのいとことしてってわけじゃないんだ。だって二人でいるときの俺と玄さんは、ちっとも宮嶋同士ってふうじゃなかった。ただ一人と一人だった。その中で俺を信じてくれて、俺の本音に見合う本音で応えてくれた、そのことに俺は報いたいんだ」上向きに開かれた、千尋の目が輝き始めた。

「だから俺は、次のツアーには加わらないで、ここで送り迎えを続けようと思ってた。来年みんなが戻ってくるのを玄さんと二人で待とうって。でも、あんなふうになっちゃもう、見てるだけでこたえるだろ。こっちで引き止めてるわけじゃなくても、なんだか悪いようだしさ」そう言って、千尋は縁側の父を振り返った。雨の庭を、父は不自然な姿勢の良さで眺めていた。「とにかく、もう俺は楽にさせてやりたいんだよ」

悪寒が静かに、ゆっくりと足元から立ち上ってやがて全身を包んだ。僕は千尋の真向かいに掛けた。

「玄さんが死にきれないのは、お前、どうしてだと思う」しばらくのあいだ黙ってコーヒーをすすっていた千尋は、マグを置き、再び口を開いた。「未練は、きっとあるだろうな。ずっと何か探してる。それを見つけたいんだろう。でも戻ってくること自体は、もっと根っこのところの問題のせいだって気が俺はするんだ。だって未練なんて普通のことだろ。一日一日過ごしてるだけでとっちらかっていくのが人生だ。最後になって片付けようったって追いつくわけねえよ。だから俺が思うのは、玄さんが戻ってくるのは、玄さんのほうで誰も死なせずにきたせいなんじゃねえかってことなんだ。玄さんは、死ぬってことを認めないできた人だ。環さんのことも、環さんの音楽のことも、死なせないで唾を吐きかけ続けた。命には終わりがあるってことを、まるで全然知らないみたいに。今、だから迷ってんだよ。それはもう探さなくていいんだって教えてくれる、こっちだぞって手を引いてくれる、向こうの知り合いが玄さんにはいないんだ」

あくまで穏やかに、それでも次第に焦がれるように募っていく声でそこまで話すと、千尋は静かに僕を見つめた。「だから俺、先に行こうかと思って。俺が先に向こうに行けば、玄さんの手を引いてやれる」

軽く、唇の先だけで僕は笑った。千尋もほほ笑んだ。以心伝心の趣になったが、僕の笑いが恐怖と拒絶からきたものだと千尋はちゃんとわかっていた。

「いやな話に聞こえるよな。でも俺は、ちっともつらいと思わないんだ。そうしたいって、ごく自然に思うんだよ」

雨音が重くなった。胸まで圧するようだった。その息苦しさの中、こいつの好物はなんだったかと考える。何か食べさせたほうがいい。食べさせて、寝かせて、父から離したほうがいい。この千尋に取り合ってはいけない。

頭では明確にそう結論づけたにもかかわらず、差し向かいで見つめられ、声を浴びた体は気付くと逆へ動いていた。僕は千尋の左手の、甲から手首にかけて彫られた青い毒蜘蛛の上に自分の手を重ねた。

その手に目を落とした千尋を、思いとどまらせたいのか、理解してやりたいのかわからないまま、「向こうなんてなかったら？」と僕は尋ねた。「玄の身に起きてることが、お前の思ってるようなこととは違ったら？」

目を上げ、千尋は答えた。「そしたら、そのとき、本当のことを知るよ」

「なあ、奴は律にあそこまでさせて、それでも戻ったんだ。何をしても無駄だと思わねえか」

「うん。ちょっと思う」素直に頷いた。「でも、それはそれだ。俺は、ただ、自分がしたいことをしたいだけなんだ。お前に知っておいてほしいのは、だから、そのことなんだよ。俺の気持ちのことなんだ。そうしたいって、俺が思ったってことなんだ」「じゃあ、そうしてほしくないって俺が思ったら？」僕は反射的に返した。「叔父さんがそう思ったら？　お前言えるのか。こうしたいからそうするんだって、叔父さんにそう言えるのか。あの人がお前のためにこれまでどれだけのことに耐えてきたと思う。わざと玄に騙されてやって、あんな馬鹿でかい車を買って、本当に好きな仕事を減らしてまでこんな、ろくでもない生活に付き合って。あの人の意思なわけねえだろう。玄と行きたいって、お前がそう言ったからだよ」

「それは親父の自由だ」千尋は太い声で返した。「俺のためが生き甲斐なら、十分好きにやってるだろう。俺も好きにして何が悪い」

自分の言葉に驚いたように、一瞬、千尋は呆然と僕を見つめ、それから涙を流し始めた。苦痛の青みを含んで見えたその涙は、とめどなく流れるうちに透きとおり、やがて光る膜になって千尋の頬を包み込んだ。

「許してほしいわけじゃないんだ。知っておいてもらいたいだけなんだ。俺はただ、俺のことを、知っておいてもらいたいだけなんだ」

言葉が、また純へと立ち返った。僕よりよほど千尋の支えになってきたに違いない、青い蜘蛛を握りつぶしている自分の手が、不意に不浄に思われた。

離すと、熱い手のひらに涼気が通った。僕を見つめ返す千尋の顔には、余計な熱だけでなく、もう色もなかった。ただ素のままの千尋だけがあった。一度深い、長いまばたきをして、千尋はほほ笑んだ。

縁側へと戻っていく背中を見送らず、買い物袋の中身を冷蔵庫の中へ押し込んでいく作業に取りかかった。僕は千尋の決心も、千尋の手を離した自分もはっきりと恐ろしかったが、何もかもすでに済んだことであるかのような、未来をまるで過去のように振り返る感覚に守られてもいた。僕が千尋を押しとどめるには、実際、十二年も時を戻さねばならなかった。そうして十六歳の苦しみに、十六歳の心で応えてやらねばならなかった。

昨晩をなぞるように、父は千尋に抱かれて死んだ。縁側に横たえた父の頭の下に座布団を敷き、丁寧に体を拭いてやっていた千尋は、それが済むと立ち上がり、「なあ、玄さん頼むな」と、和室にいる叔父にいつもはしない声がけをした。

襖は開け放たれていたが、僕のいるキッチンからは叔父の様子は見えなかった。叔父を見る千尋の、どこか凜とした横顔だけが見えた。「もし俺がいないあいだに、迎えが来たら」

「どこ行くんだ」こもった声が聞き返した。

「ちょっと歩いてくる」

「今から？」

「うん」小さくそう答えてから、ごめんと呟いた。「ひと回りしてくるだけだから」

ソファに腰を下ろした兄が、膝の上で開いていたパソコンから顔を上げた。さりげなかったが、何かを察知したときの機敏さがあった。大股にリビングを突っ切り、ダイニングを過ぎ、玄関のほうへ抜けていく千尋を目で追い、最後に僕を見た。

今、兄に話せば二人で取り押さえられる。そう考えながら、僕は兄から目をそらした。少し呆けた様子で和室から出てきた叔父からもやはり目を背け、大鍋からロールキャベツをよそいながら、千尋が出て行く物音を聞いていた。耳はかつてなく繊細に澄まされ、閉められたドアの向こうで前庭の泥を踏む、一歩目の音まで聞き届けた。

これまででもっとも静かな食卓を、叔父と、兄と、三人で囲んだ。あいつどこまで行ってんだ、と叔父が呟いたきり沈黙に包まれたダイニングから、みんな自然と縁側に目をやった。隣に千尋の姿がないと、父の体はどこかが大きく欠けたように頼りなく見えた。

報せは夜の十一時過ぎ、本田が直接持ってきた。ここより少し北の崖道に倒れていたのを通行車が見つけた、上から落ちた形跡があり、首が折れていると、雨合羽の濡れたフードを取りながら本田は説明した。

今の今まで現場にいたらしい本田は、身元確認に来てほしいと言いながら、「息子さんです」と叔父の目を見てはっきりと告げた。彼が来るまで続いていた沈黙が、再び降りた。

嵐に近い降りだった。開け放ったドアから、雨交じりの風が吹き込んで廊下まで濡らした。本田の漂わせる外部者の佇まいと相まって、その雨風は、肌を直に打つことで現実らしくないはずの急報を疑いのない現実として僕らにもたらした。

乗ってください、と車へ案内しようとする本田に、「いや」と叔父は返して、「俺はいい。明日、戻ったら本人から話を聞くから」と自然にそう言った。「それより玄を運ばないと。あいつにも頼まれてるんだし。本当に、うちばっかり、迷惑かけてすみません……」

「うん、じゃあ俺が行ってくる」と兄がすぐに引き継いだ。そっと叔父の背を叩き、隣にいた僕にも同じようにした。

父を運び出し、兄と本田を見送ると、叔父は生き生きしてみえるほど活発に動き始めた。二つある三人掛けソファのうちの一つをリビングの真ん中まで動かし、縁側と並行に、庭のほうを向くように置いた。戻ったらすぐわかるようにということだった。その前にはテーブルを置き、こちらは餌として、千尋の好きな煎餅やラムネ菓子を並べ始めた。

そうした叔父の秩序だった混乱を、僕はしばらくただ眺めていたが、気付くと同じ流れに乗っていた。叔父と一緒にキッチンから菓子類を運んではテーブルに並べ、それが済むとソファの上で向かい合って将棋を指した。俺なら勝てると思ってんだろうとか、叔父さんそれもう古い手だよとか言うと、そのたびに叔父はくすくす笑って将棋盤を揺らした。

そうして長いこと叔父は穏やかに過ごしていたが、姿勢を崩し、背もたれに頭をあずけたと思ったら、ふっと穴に落ち込むように眠ってしまった。僕は和室から毛布を持ってきて、その細い体にかけた。部屋の明かりも落とした。縁側の照明はそのままにしたが、こちらまで届くのは光の裾の、すり切れておぼろになったような微光ばかりで、全体が影になって皺の消えた叔父の寝顔には、見覚えのあるあどけなさがそのかわりに浮いていた。僕は毛布の上から叔父を抱き、僕だけが知ったままになっている千尋の強さや、幸せが、胸から染み出していくのを願った。

目を閉じると、腕に叔父の鼓動を感じた。その小さな命の証は、やがて赤ん坊を連想させた。自分の子ではなく、僕は甥を抱いているつもりでいた。どうせガキだろ、お前が欲しいのは、と父が兄に囁いたあのとき生まれた甥を、腕の中で眠らせているつもりでいた。かわいそうに、と甘い匂いの中で思う。まだ殴られもしないのに、もうこんなに愛されている。

どれくらいそうしていたのか、ふと目を開けると、縁側の明かりがいやに眩しく、周囲の闇が一段深まっているのに気が付いた。いつの間にか肩に掛けられたタオルケットから、防虫剤と太陽の匂いがした。頭を上げると、尻を押し込むようにして右隣に座った兄が、テーブルの上のラムネ菓子に手を伸ばすのが見えた。叔父は僕の左隣で、まだ寝息を立てていた。

兄がラムネを嚙む音と、雨の音とを、しばらくただ聞いていた。胸に残った甥のぬくもりのためか、身も心も家に根を下ろしているような気怠い心地良さが全身を満たしていた。外の話を耳に入れるのが、それでどうにも耐えがたくなり、警察でのことを尋ねるかわりに「キャンプみたいだろ」と僕は目の前を漠然と手で示した。

うん、と兄はそう答えた口で、「レイトショーみたいだ」と言った。

「レイトショーなんていつ行った？」反射的に出た僻みを、兄は黒い、雨に濡れたスクリーンを見つめながら受け止めた。「先週」僕はタオルケットをきつく体に巻きつけた。兄はきっと聞かれたがっていたが、誰と、と聞けなかった。どんな答えでも、きっと受けきれないと思った。

その逃げ腰を追うように、兄がこちらを向いた。しかし視線は僕を越え、振り返ると、縁側の明かりを受けた叔父の瞳が小さく、黒く光っていた。眠っていたときのままの姿勢で、目だけ開いて闇を見ていた。

叔父さんただいま、と兄がそっと声をかけると、ああ、と答え、叔父はゆっくり頭を起こした。こちらを見ようとしなかった。僕は叔父から目をそらし、さらにきつくタオルケットを巻いたが、兄が橋を架けるようにして伸ばした腕がその重さと体温とで全員を繋いだ。いかにも半端な、急ごしらえのかたまり方で、それでもそれぞれ脱力するうち、いびつな接点もじき溶け合った。

「千尋を玄に取られたことは、もう、二十年も前に諦めてたんだよ」横並びのあたたかさの中で、叔父がそっと口を開いた。「俺みたいなんじゃ、ああいう威勢のいい奴にはどうしたってかなわないんだから」

いつもどおりの穏やかさを訝り、再び見ると、叔父の目には眠りに落ちる前までの生気のかわりに、嘆きも絶望もすべて済ませたような冷たさが新たに宿っていた。身元確認に行ったのは叔父だったかと、一瞬、記憶が怪しくなる。「でも、すっかりくれてやる気はなかったんだけど」

そのとき、ふと兄の腕が解かれた。首にうすら寒さを感じながら、縁側へと歩き出した兄を目で追い、その先の窓に人影が浮いているのに気が付いた。

彷徨うようにそよいでいた。目を凝らしたが、影はいつまでも一つだった。

兄の開けた窓から、雨の匂いと草を踏み分ける音とが同時に入り込んできた。僕も縁側へ向かった。庭を歩き回る父は、もうすでにずぶ濡れだった。ここで止まれば千尋の不在が際立つ気がして、僕はリビングから歩いてきたままの歩調でまっすぐ庭に降りた。徘徊の様子は変わらないのにきのうまでより父はどこかしっかりして見え、近付いてみると、首から指の跡が消えていた。

兄が床にタオルを敷いて待つ縁側へと父を進ませながら、家の中に目を向けた。一人、リビングに居残っていた叔父が立ち上がるのが見えた。庭から眺めるその黒い影は、リビングから眺める父の影とあまり変わりがないように思えた。

兄と二人で縁側へ引き上げた。僕は父の濡れた顔や首を、タオルで軽く叩くようにして水気を吸っていった。父は終始左右に揺れていた。歩き足りないようだった。

そのとき、叔父が来た。玄さんを頼むというあの言葉になお従うつもりかとも思ったが、見ているともいえない目つきで父を見ながら、そっと、叔父は父の胸を押した。杳支えの何もなかった父は、その静かなひと突きであっけなく庭に転がり落ちた。沓脱石に腰を打ち、草の中へ頭から落ちた父を、自分の姿のように僕は眺めた。叔父が去っていくのがわかった。

一度、長く息を吐いてから兄が追った。僕は再び庭へ降り、転がった父に寄っていった。意識はあったが、痛みのためか眉根が寄り、指の跡の消えた喉から今にも怒声があがりそうだった。目は燃えるようにぎらつきながら空を睨みつけていた。

その空では雨雲の端が、ようやく白み始めていた。

ここはどこだ、と久々に、現在地不明の朝を迎えた。月夜野に戻ってからは、初めてのことだった。

部屋に満ちた輝きは、実際、昼でもどこか暗さのまとわりついている月夜野の光とは思われなかった。今年は家ごと移動するのかとまだ回りきらない頭で半ば本気に考えたが、貴重な梅雨の晴れ間らしいとカーテンを開けてわかった。完全な晴天ではなかったが、禿げた雲から覗く青も、そこからの陽射しも、もう夏の色だった。

階下に降りると、軽い風がすうと通り、明日はもう七月だとそこで思い出した。開け放たれた窓の向こうでは無数の青草が一つの生き物のようにまとまりながらそよぎ、その中を父が歩いていた。腰を庇うような、ひょこひょことした歩みだったが、日の下をうろつく姿はそういえばこれまで見たことがなかった、とゆうべのままになっているソファのそばでしばらく眺めていると、表から回ってきたらしい、細長い草刈り機を持った兄が庭のわきからひょいと現れ、おうと挨拶をよこした。

「根岸さんとこから借りてきた」兄は両端の赤いその機械を地面に置き、エンジン用のワイヤーを探した。「歩き回るのはともかく、つまずくからよ、草ごときで……」慣れない機械に手こずりながらもエンジンをかけることに成功した兄は、父から一番遠い場所から草を刈り始めた。法則性なく動き回る父と、その父から逃げながら草を刈っていく兄は、歩幅の狭さも、うつむき加減の姿勢もそっくりで、僕は大笑いして二人を見物した。エンジン音のせいで兄はしばらく気付かずにいたが、ふと顔を上げ、抱腹している僕を見ると、聞き返すような苦笑をこちらに向けた。なんでもないと手振りで返し、僕は縁側に腰を下ろして笑い続けた。親指の先で涙をすくい、草刈りより先に洗濯をしろよと思ってようやく落ち着き始めた。いつぶりに晴れたと思ってんだ、気が利かねえ……

それで一度は動き出そうという気になったが、洗濯をして、食事を作って、部屋を片付けてとその後の流れまで見通したら急に体が重くなった。尻が縁側の床に貼り付き、座布団を敷けばよかったと悔やんだが、そのために立つのももう億劫だった。仕方ないのでそのままそこで光を浴び、草の青い匂いを嗅ぎ、父の探検を見守った。せっかく庭をさっぱりさせたにもかかわらず、午前の部は終了とばかりに兄は父を籐椅子に押し戻した。父も抵抗しなかった。僕は父と並び、雑草のほか何もなかったが今はそれすらもない、ただ明るいばかりの庭を眺めた。何時間も、ただそうしていた。空腹が痛いほどになり、いよいよ立ってシリアルでも流し込んでこなければと思ったところでまた兄が現れ、パック入りの、直売所のシールの貼られた助六寿司を置いていった。キャンピングカーに閉じこもっている叔父にも同じものが届いているのだろうと思いながら食べた。いつまで待ってもお茶は出てこなかったので、それでようやく立ち上がった。供えるかたちにしかならなかったが、父にも淹れた。

一日、時が過ぎるのにまかせた。時折、前触れもなく涙が流れてしばらく止まらなくなったが、それがなぜなのかはわからなかった。ここがどこなのかもわからなかった。自分がどこから来たのかもわからなかったが、それでもそこへ帰りたかった。

日暮れ時、父が不意に籐椅子を揺らし、地震のような音と振動をたて始めた。庭に出たいのだとすぐにわかったが、目を剝き、鼻から唸りを漏らす父を、しばらく何もせずに見ていた。これまではキッチンのあたりから遠目にその姿を眺め、まるで駄々をこねる子供だと思っていた。しかし初めて近くで見て、実際には電気椅子にかけられた囚人だと知った。

兄は確か裸足で歩かせていたと思い、僕もそうした。日は落ち、雲もまた厚くなり、風には雨の匂いが混ざり始めていた。父を庭に出したあとでそうするのは初めてだったが、縁側に上がると僕は窓を閉め、鍵を掛けた。それから、空いた籐椅子に腰を下ろす。しばらくそこでじっとして、父の残した体温の不快さに耐えた。父以外に誰も座ったことのない椅子だったが、窓に鍵を掛けたのとひと続きのようにそうしていた。

あれはなんだろう。顔を少し横へ向けさえすればすぐに姿が見える父を、しかし見ずに、そんなふうに思った。あれはいったいなんだろう。玄とはどういうものだろう。

向かいには、テーブルが壊されて以来その代わりをさせられているもう一脚の籐椅子が置かれていた。座面にきちんと父の本を収めた、テーブルよりむしろ慣れた様子で仕事をこなしているその座椅子から、僕は一冊手に取った。トイレに置き忘れた本を取りに戻ったのがそもそもの始まりだったと、ふと思い出したのでもあった。

父が読書家であることは、知性よりよほど本能の勝った性格と並べ、ときどきからかいの種になった。しかしそれはあくまでこっそりと持ち上がる噂で、僕らは決して、本や読書に関する話題を父本人に持ちかけなかった。本を読む父――そして時折手帳に何か書き付ける父――には、そういうどこか立入を禁ずる雰囲気があった。自室を持たない父に見る、自室にこもっているような唯一の姿だった。だから僕がこうして父の本を手に持ち、開こうとしたのは、これが初めてのことだった。

しかし手にしたその文庫本の題名を見た瞬間、これは父の本ではない、とまずそう思った。知らないはずが確信した。古臭い人名のあとに、『詩集』と付いていたせいだった。

次の本を取った。それも詩集だった。次のもやはりそうだった。題に『詩集』と付くもののほかには評論集が一冊交じっていただけで、それも頭に詩人の名があった。膝の上に山になった本を、僕はぼんやりと見下ろした。

詩的なものも、詩そのものも、侮っていたのではなかったか。「うちの親父は自殺するほど感傷的にはなれない」と兄が本田に話したのは、別に父の悪っぽさをひけらかすためではなかった。「センチメンタリズム、ロマンティシズム、それからノスタルジー」を父が毛嫌いしていたのは確かなのだ。だから多少なりともそれらを持ち出さねばならない、作詞という仕事だけは外注したのだ。

そこまで考え、最後に残った手帳を取った。めくる指に予感が宿った。飴色に艶めく革のカバーに専用のリフィルを継ぎ足し、継ぎ足しして使われていたらしいその手帳は、どの詩集より厚く、重く膨らんで、適当に開いたページにはさっそく見知った詩があった。妙にちまちまとした、性格と正反対だとこちらはおおっぴらに笑われていた癖字で、《眠らない夜を　歩む羊よ》と綴られていた。

笑いが一つ漏れ出たが、あとは歯を食いしばって読んだ。北本から送られてきた、と思えばさもEメールで届いたかのように言い、受信はできるが転送はできない年寄りの顔で、裏紙に書き殴ったのを素っ気なく叔父に渡していた。音にのせる前の詩はどんなものでも気恥ずかしく、だからこそ僕と千尋は毎回全力で北本の新作をからったが、それには父も必ず加わり、今回はやたら黄昏《たそが》れてやがるなどと僕らが言うのを聞いては大笑いしていた。よほど北本と仲がいいのだ、この父と友情を築ける北本は大人物だとそのたびに思ったものだった。

百弦の曲として僕らにも歌わせてきた詩は、それでも、慎重に選ばれたものだったとやがてわかった。手帳に綴られているほとんどはそれらよりずっと感傷的で、空想的で、郷愁に溢れ、ページを繰るうち、いつしか歯噛みが解けていた。父の誕生を目撃しているようだった。

父の中に詩がある。詩の泉がある。ほかには何がある?

不意に若い、強い足音が外から迫ったのに驚き、立ち上がった。窓を開けると、兄と本田が同時にこちらを振り返った。闇に包まれた庭で、父が、雨に打たれて死んでいた。本田はきのうと同じ合羽を着ており、兄はただ濡れるままになっていた。二人はやはり同時に僕から目を背け、黙りこくって父を運んだ。軒下では、草刈り機が円形の刃を休ませていた。

時計を見ると、夜の十時を少し回ったところだった。せめて見送ったほうがいいように思え、玄関に向かったが、ドアのすぐ向こうから口論が聞こえて足が止まった。もう父を積み終えたらしい兄と本田が、どちらも静かな声ながら、引く気のない強情さで何やら言い合っていた。

「弟さんがあんな様子でも?」ドアに耳を寄せた途端、本田の声がそう言った。「人の手を借りることは、宮嶋さん、恥じゃないんですよ。行政や専門機関というのはそのためのものなんです」

「構わないでくれ」戸を立てるように兄が言った。「これはうちの問題だ」

「最初あなたが警察に頼ったのも、家の問題を解決するためでした」

「構うなって言ってんだ、俺は」

「弟さんに何かあってからじゃ遅いとは思いませんか」

「あんた何様のつもりなんだ」とうとう怒鳴った、その声は驚くほど父に似ていた。

「弟さん弟さんて、誰の弟だ。ここは誰の家で、桂は誰の弟だ」

ノブに手のかかる音がして、僕はドアから顔を離した。すぐに入ってきた兄は、玄関に立ち尽くす僕を、ほんの少しも外気に触れさせまいとするように廊下の奥へ押し込んだ。「メシ買ってあるぞ」と続いた声はしかし優しく、笑みさえ含んだようだった。

玄は詩を持ってる。詩がある限り奴は生まれ続けるよ。そう伝えたかったが、僕の知っていることをこの兄が知らないとはどうしても思えず、言葉にならなかった。

「なあ、桂」暗い玄関から、兄は優しいままの声で呼んだ。「ほかはもうまとまらねえから、俺たち二人でツアーに出ようぜ。夏が来たんだ。出発しよう」

本田の車が出ていく音が聞こえた。でも叔父さんは、ちいは、玄はどうすると一人ずつ尋ねてみたかったが、今日一日で兄にずいぶん不義理をした気がして、「うん」とだけ僕は答えた。

「フィドルとバンジョーですべてだ」兄は靴を脱ぎながら言った。「四弦足す五弦で百弦」

そのでたらめな計算を、二人で笑った。いっそ取り壊しちまいたいが、家はこのままにしておこうと兄は言った。呪われた家なら近所の子供らが喜んで遊び場にするだろうし、俺たちも来年、庭にどれだけ玄が積み上がってるか楽しみに戻って来られるだろ。

食事を済ませ、二階に上がると、荷造りを控えた部屋特有のよそよそしさがそこにはもう満ちていた。窓から見下ろす前庭も、外灯の白い光も、これまでとどこか違っていた。

その感じが、だまし絵を見ているような違和感に変わってようやく、キャンピングカーが消えていることに僕は気付いた。あっと小さく声をあげ、雨の中に頭を出した。象ほど大きな欠落が、雨と闇とですでに埋め立てられていた。昨夜からだ、あの足で叔父は出て行ったのだと振り返りながら確信し、同時にその真意を知った。叔父は僕らを捨てたのだ。その事実が僕にもたらしたものは、しかし失望でも悲しみでもなく、目の覚めるような喜びだった。父の求めでないどころかもう千尋のためですらない、叔父にとってこれは、純粋に自分のためだけに取った初めての行動だった。

自分の足でここを出て行くと、一度はそう決心したことを僕は思い出した。恐ろしかったが、幸せだった。あの先に叔父は向かったのだ。

千尋の門出を、昨夜、明るく祝ってやれなかったことが悔やまれた。僕にはある意味兄より近い、双子の片割れのような奴だ。父の不機嫌で僕らだけ宿に泊まらせてもらえない晩も、見知らぬ街を並んで歩けば少しも懲罰のようじゃなかった。口ずさむ詩は星空にも、朝焼けにも映えて、バックパックのかわりにバンジョーを背負った僕らは世界で一番正しい旅人のようだった。その相棒があんなに望んで発ったのだから、誰より僕が祝福してやるべきだった。

頭を部屋の中へ戻し、濡れた顔を肩で拭うと、自然と笑みがこぼれ出た。父の死に姿を最初にみんなで見つけたときから今このときまで、不幸など何も起きていない、それどころかめでたいことばかりだと、気付けただけで嬉しかった。

今年のツアーは中止にしようと、明日、兄に言おうと決めた。義理を果たそうと本当に思うなら、そうすべきだった。そしてきのう聞いてやれなかったことを、ちゃんと僕から聞こうと思った——誰と一緒に映画へ行ったの。どんな人。なんて名前。ここで一緒に暮らしてもらったら。

怒号が、そのとき、家の底から突き上げた。明日を待ちわびる心が熱烈な呼び声を生んだのかと、一瞬、自分を疑った。獣のような、その声は兄の名を叫んだのだ。再び窓から頭を出し、耳を澄ました。自然と息も詰めた。雨音さえ萎縮する中に、もう一度響いた。律！

すぐに部屋から飛び出した。廊下の突き当たりの部屋から同じく飛び出てきた兄が、壁のスイッチを押して照明を点けた。大きく見開いた目でこちらを見つめる、その顔が恐怖に凍っていて、この時間に兄が家にいる、という場違いな感慨とともに、驚きと喜びのない交ぜになった激情が僕の血を倍速で巡らせ始めた。兄が初めて見せた弱気がかつて感じたことのない万能感をもたらし、兄を守る、父を殺す、ただそれだけがこの瞬間、僕の生のすべてになった。

「大丈夫だ。もう終わらせる」僕は言った。「お前はやった。俺もやるよ。それで終わりだ」

名を叫ばれて飛び起きるまで、兄は幼い夢の中にいたのかもしれない。僕に続いて階段を降りる、その足取りまで頼りなかった。弟の手を引いている気で僕は進み、一階に降り立つとすぐさま縁側に向かった。桂、と兄がようやく声をあげた。「おい、落ち着け。お前知らねえんだ。どんな夢を見るか」

「これもそれかも」僕は振り返って笑った。「でもこれは悪夢じゃない。これはいい夢だ。叶うほうの夢だ。俺たち自由になるんだよ、律。今日は俺たちの誕生日だ」

律！　ダイニングを渡り始めたところでまた響いた声を、祝砲のように聞いた。二階では呼びつけるようだったその声は、一階では一途な響きに変わり、律、律、と重なるごとにその必死さも募っていくようだった。律！

父の影が、リビングに入ったところで見えた。楽器を持っていた。壊れたギターを庭の隅に放っておいたのを思い出したが、ギターより小さく、ネックも短い、それはマンドリンだった。

僕は笑いを抑えられなかった。あれほど熱心に、毎晩、マンドリンを探していた――ここまで家を荒らしきって父が固執した未練とは、百弦にフラットマンドリンが欠けていることだった。六歳の自分がもしこの楽器を拒んでいなかったら、兄に守られていなかったら、父のこれほどの執念を一人で負うことになっていたのだという恐怖がより笑いを激しくした。その恐れと可笑しさは、もともとあった喜びとともに震える体に攪拌され、じき大きな歓喜へと生まれ変わった。今日までずっと、父だけは好きにやっていた。いつでも自由で、なりふり構わず、従うのはただ自分という自然だけだった。そのことに初めて正しさと頼もしさとを感じながら、僕は父の指を十本すべて落とそうと決めた。兄の狙った喉は、今度は絞めずに喉仏を刈る。それでもう詩は綴れないし、歌えもしない。

僕が縁側に踏み入ると、また父が怒鳴った。律！　しかしこちらを見てはいなかった。二階を見上げ、闇雲に吠えている。玄、と開けた窓から呼ぶとようやく気付いて、震える足をいつもより慎重に繰り出し始めた。僕は裸足で庭に降り、軒下に立てられた草刈り機を摑んだ。指と喉くらいならそれでなんとかなるはずだった。エンジン用ワイヤーを引く手を、兄に止められる前にと素早く上げかけたところで、しかし気付いた。マンドリンじゃない。

兄が息を呑む音が聞こえた。足がすくみ、今の今まで自分を熱く動かしていた気勢が根ごと抜けていくのを僕は感じた。泥にまみれた赤ん坊だった。動かず、声もあげないのに、父の腕からはみ出た足に生まれたての福々しさがあった。

父は右手で赤ん坊の尻を支え、左手でその子の右手首を上のほうに引っぱっていた。その小さな右腕がマンドリンのネックのように僕の目には見えたのだったが、今はすべてが確かに人のかたちを取り、闇に同化しそうなほど黒い、厚い泥に覆われていながら、丸い腹も、膨らんだ頰も、雨粒を飾った睫毛《まつげ》までもがはっきりと見えた。父は薄い笑みを浮かべ、後ずさった僕のそばを過ぎていった。そうして少しずつ進んでいき、軒下で立ち止まると、縁側に立ち尽くす兄に赤ん坊を差し出した。手首をうんと引っぱっているのは、どうやら、右手にちゃんと指が五本あることを見せびらかすためのようだった。

兄は小刻みに首を横に振り、しばらく、動かない赤ん坊をただ震えて見下ろしていたが、「もうやめてくれ」とやがて囁いた。「俺が悪かった。玄さん。俺が悪かったよ。もう勘弁してくれ」

声が尽きたのか、父は黙って赤ん坊を差し出し続けた。その腕がやがて足ごと震えだし、泥で濡れた赤ん坊が今にも滑り落ちそうになる。僕は芝刈り機を捨てて腕を伸ばした。息のない子に違いなかったが、咄嗟に動いた。兄も動いた。そして父が赤ん坊を取り落とすと同時に兄の手が受け止め、僕の腕はその下に添い、最後は全員を巻き込む格好で泥の上に尻餅をついた。すると僕らのその喜劇的な動きに反応したかのように、赤ん坊がか細い声をあげた。

兄は再び息を呑み、胸に抱いたその子を、それから父を見た。「誰の子だ」張り詰めた声で尋ねた。「どこで拾ってきた」

父はまた笑みを浮かべた。まだ若い父親だった頃の、小さい僕らをからかって遊んでいた頃の顔だった。その笑顔で、震える左手を赤ん坊の額に置き、荒く乱れた呼吸をなんとか、時間をかけてまとめると、「お前の指だ」と父はしわがれ声で囁いた。

「これはお前の親指だ」

眉をひそめた兄の頬に、赤ん坊に置いていた左手を移し、「お前は俺の折れた歯

「お前は俺の剝がれた爪だ」と父は継いだ。僕の頰には、泥のたっぷりついた右手で触れた。「お前は俺の剝がれた爪だ」

赤ん坊がまた声をあげた。フアァ、とさっきよりも張りのある声で叫び、とうとう本格的に泣き始めた。自分の誕生に気が付いたようだった。空を仰ぐ、その小さな泣き顔に雨が落ち、泥を落としていくのを、兄はどこか焦がれるように見つめた。そして咄嗟に受け止めてから初めて自分から動かした指で、口元の砂を拭ってやった。それから不意に立ち上がり、家の中へ入っていった。父を振り返らなかった。

赤ん坊の声に打たれて痺れた体がやっと動くようになったとき、父はすでに倒れていた。息はなかったが、薄く目を開いていた。自分の死に気が付いたか、わからなかった。

僕は立ち上がり、まだ暗い東の空を眺めた。そうしてせめて夜の有限を感じようと夜明けを待ったが、その前に兄が僕を呼んだ。風呂場の反響の中で、赤ん坊の声と張り合っていた。

風下の朱

我が明水《めいすい》大学野球部の、私はその年唯一の新入部員だった。新入生獲得のためにサークル棟からわっと飛び出してきた上級生たちがまるで四月の熱気そのもののように構内に渦巻いていた頃、やはり同じ目的で構内をうろついていた侑希美《ゆきみ》さんに誘われたのだ。

でも彼女の現れ方は、渦巻く熱気というより逃げ水だった。さらりと、気付いたらそこにいた。

「あなたって健康そう」目が合うとそう言って、あどけない笑みを浮かべた。

足を止め、私は軽く周囲を見回した。昼時ということもあり、大学生協の前は学生たちの往来で賑わっていたが、健康そう、と彼女が評した人物は確かに私のようだった。正直なところ、なぜこの時点でそう思われたのかよくわからない。私の健康さは、たぶん、入部してから培われていったものだった。

しかし侑希美さんは眼力に自信を持っている様子で、「ね、新入生だよね」と言葉を継ぎながら近付いてきた。幼い顔立ちと、重く見えるのに軽く跳ねるウェービーヘア、ふわりと広がった菜の花色のフレアスカートに見とれて私は立ちつくした。きれいに編み込まれた前髪は、花かんむりを飾っているように見えた。「新入生で、野球経験者。でしょ？」

陽光を含んで輝いた瞳に見つめられ、私は黙って頷いた。部活かサークルの勧誘だとすぐ察したが、これまでずっとそれを避けてきたことなど、もう考えられなくなっていた。目の前までやって来た彼女に、断りもなく手を握られたのだ。もともと、私は人に触れられるのが好きではなかった。母親の指がちょっと腕に触れるだけでも抵抗があった。初対面の相手となるとなおさらだったが、相手の手つきは当然その権利があると言わんばかりだったし、上級生への遠慮もあって、そこではただされるままになっていた。

「やっぱりね」侑希美さんは私の手を開き、繰り返し皮が剝けて固くなった皮膚に、満足げに自分の指先を沿わせた。「健康な子と野球経験者はすぐわかる。打順は？高校ではどこ守ってた？」

その質問か、侑希美さんから漂ってくる花蜜の匂いか、読み込むように私の手を撫でる彼女の指の感触か、まずそのどれに意識を集中するべきか迷っていると、「ごめんね、いきなり」と背後から新しい声が来た。

振り返った先には、生協から出てきた二人連れの姿があった。長身でベリーショートのほうが杏菜《あんな》さんで、ボブのほうが潤子《じゅんこ》さんだと、あとでわかるがそのときには侑希美さん同様まだ名前も知らない二人が、こちらを見て苦笑しているのだった。

「急に声をかけられたでしょう」と、さっきと同じ声で潤子さんが言った。「びっくりさせてごめん。その人、うちの部長なの。焦ってるのよ、ちっとも部員が集まらないんで」

「いい選手しか欲しくないだけ」侑希美さんはそう言うと、発掘したての貴重な鉱石を披露するように私を二人に紹介した。「見て、この子。かっこいいでしょう」

「ごめんね」と潤子さんはもう一度謝り、「気に入らなかったら引っぱたいていいんだよ」と杏菜さんは顎をしゃくって笑った。

侑希美さんは杏菜さんに挑発的な笑みを向け、「一番ファースト」と叩きつける感じに言った。それから潤子さんを見て、「三番サード」

最後に、再びこちらに向き直り「四番キャッチャー」と告げた。その声色が明らかに名乗りのそれだったので、ようやく、私は彼女が部員紹介をしているのだと気が付いた。私はまた侑希美さんに握られることのないよう、チノパンの尻ポケットに手を突っ込み、三人の先輩たちを眺めた。明かされた打順と守備位置を名前がわりに、二番ファースト、三番サード、と胸の内で呟きながら見つめると、杏菜さんは実に二番ファースト、潤子さんは実に三番サードといった雰囲気だった。

それに引き替え、四番キャッチャー、この人は違和感に満ちていた。可憐さの中に荒々しさを潜ませる彼女は、私の知るほかの誰とも違って見えた。そしてまた、私の知るどの四番とも、どのキャッチャーとも違うのだった。目に映る侑希美さんの姿と四番キャッチャーというポジションを結びつけることは、私が彼女から押し付けられた第一の難題だった。

八番ライトの間違いではと、彼女を眺めながらまずそう思った。あるいは七番ショート。九番ピッチャー。百歩譲って四番としても、サードがせいぜい――というのは、キャッチャーの必需品であるあの筋肉という厚い鎧を、侑希美さんはほんの少しも身につけていなかったのだ。守備中、一人黙々とスクワット運動をし続けているに等しいキャッチャーが、剛球を時に体で受け止めるキャッチャーが、走者を刺すべくホームから二塁へと鉄火の送球を撃ち込まねばならないキャッチャーが、これほど華奢でいられるわけがない。それに、あの手――強張ったこちらの手に対し、なんと柔らかかったことか。

目で侑希美さんの体を一巡し、最後に視線を合わせたところで、彼女はもう一度名乗った。「四番。キャッチャー」

こちらの疑念を見通しているとわかる、戦意の滲んだ声だった。私は思わず笑みを浮かべた。もっとよく見ろと明らかにそう求めている彼女の不敵な立ち姿に、走者を待ち受ける捕手の貫禄が確かにあったのだ。この立ち姿ならよく知っていた。何がなんでも一塁に出て、二塁三塁を盗み取り、捕手というこの最後の砦を破ってホームに帰ることが、私の長年の任務だったのだから。

私は尻ポケットに両手を突っ込んだまま、できる限り不遜に、できる限り油断ならない走者に見えるよう気遣いながら名乗った。「一番セカンド」

ぱっと見開かれた侑希美さんの目に、強い期待の色が躍った。こちらの虚勢になど気付いてもいない様子だった。「一番セカンド！　足が速いんだ！」

我ながら単純だとは思ったが、まあ、と答えながら私ははにかみ、うつむいた。セカンドという地味なポジションについてきた私にとって、一番打者であるということ、ただ打順を明かすだけで俊足巧打をほのめかせることは、選手としての自信を保つ上で何より重要な一事だったのだ。

「野球歴は？　何年？　高校の三年間？」侑希美さんは上機嫌に尋ねた。

「いえ、六年。中学からなので」

「完璧だね」

「でもあの、野球じゃなくて、ソフトボールですけど」

杏菜さんと潤子さんが、そこでカラッと笑い声をあげた。咄嗟に反感をおぼえたが、二人が笑ったのは私ではなかった。潤子さんはからかいと警戒の入り交じった目で侑希美さんを見つめ、杏菜さんは意味深に侑希美さんの腕を叩き、侑希美さんは苦笑いでその手を払った。

「それで？　大学でもソフトボールを続けるの？」

「ソフトボール部の見学に行ってみた？」侑希美さんの質問に答える前に、潤子さんが質問を重ねた。「結構強いんだよ、うちのソフト部」

「うちのソフト部ってどういう意味？」

「うちの大学のソフト部って意味」刺々しく投げかけられた侑希美さんの問いに、潤子さんは真顔で答えた。「ほかに何があんのよ」

「あの、私、ソフト部の見学には行ってないです」私はやんわりと口を挟んだ。「今のところ、行くつもりもないです。大学では、何か別のことを始めてみようと思ってたから」

「一番セカンド！」再び目を輝かせ、侑希美さんは私の肩に腕を回した。「じゃあ私たちと野球しようよ。今日から野球選手になろうよ。ね、いいでしょ、いいでしょ？」無理強いしない、と潤子さんはたしなめたが、いいでしょ、いいでしょ、と侑希美さんは私にずっしりと体重をあずけてきた。私はどうすべきかわからなかったが、今だやれ、一番セカンド、と杏菜さんに明るくけしかけられたらなんだか妙に可笑《おか》しくなってしまった。先輩たちの勢いと四月の陽射しに浮かされ、私は大学に入学して初めて声をあげて笑った。

その後、誘われるまま、知り合ったばかりの彼女たちと一緒に昼食を摂った。杏菜さんは中庭の真ん中にあと五人は座れそうな大きなレジャーシートを広げ、潤子さんはみんなの靴を重しがわりにシートのふちに置き、侑希美さんはその真ん中にふわりと座って、買ってきたばかりのお弁当やお菓子を広げた。少し風が強すぎたが、ご飯に砂がかかろうと髪が乱れようと先輩たちは気にせず、間断なくお喋りに花を咲かせた。

そのお喋《しゃべ》りの中で初めて、私は野球部のメンバーがここにいる三人だけだということを知った。しかも正式な部として大学から認められておらず、サークル申請さえ出していない。要はメンバーたちがただそう呼んでいるだけの集まり、それが明水大学野球部だったのだ。しかしそのぶん夢は大きく、杏菜さんと潤子さんは卒業までに部員を集めて大学の認可を得たいと願っていたし、侑希美さんは一刻も早く公式戦に出たがっていた。できれば翌春のリーグ戦にエントリーしたい、その翌年には全国大会まで進みたい。二人の仲間に笑われながら、彼女はまっすぐに夢を語った。

選手としての話題は、その後、観戦者としての話題へ移った。少し意外だったのは、彼女たちが開幕したばかりのペナントレースの話も、BCリーグの話もせず、社会人野球の話ばかりし続けたことだ。三人は自動車メーカー・蓮岡《はすおか》技研工業による野球チーム、ハスオカ硬式野球部を応援していて、これは県内に本拠地を置く唯一の企業チームだから今日からでもファンになるべきだと私にも熱くすすめてきた。

そのチームの中でも、侑希美さんは特に三波《みなみ》という投手に入れ込んでいるようだった。「三波が奪う見逃し三振は――」と彼女は日の光のように顔を輝かせて語った。

「日本で観測できる中で、一番神秘的な自然現象よ」

私はハスオカの三波どころか社会人野球がどういう流れで動き、全国にいくつ企業チームがあるかも知らなかったので、三人が先日観たという試合の話にそんな私への講義も加わり、昼食の席はうんと賑やかになった。

午後の授業が始まる五分前になったところで、私たちは慌てて片付けを始めた。強い春風はビニール袋を吹き飛ばし、レジャーシートさえさらいかけたが、杏菜さんと大笑いしながらそれをたたむ侑希美さんのフレアスカートは不思議と静かで、彼女の白いふくらはぎをちらりと覗かせただけだった。

その白さに目を奪われた一瞬、横殴りの、ひときわ激しい風に全身を打たれた。目が合うと、髪に隠れてほとんど見えなくなった顔に、侑希美さんは笑みを浮かべたようだった。

あれはその侑希美さんから始まったことだったろうか。それぞれの教室へと散りながら、私たちはようやく本当に名乗り合ったのだ。強風の中、まるでボール回しのように、一人一人の名が順に仲間に投げ渡された——侑希美、杏菜、潤子、梓《あずさ》。

大学では何か別のことを始めてみようと思っていた、というのは事実だった。中学、高校の六年間を、私はソフトボールに捧げてきた。休日返上の練習、休暇返上の合宿、すべてを懸けた地区大会と、汗と涙と叱咤激励。そんなことが長らく私の日常で、スポーツはいわば私の少女時代を象徴するものだった。だから大学では、その少女時代と訣別するという意味で、一人だけで何かに打ち込んでみるつもりだったのだ。カメラを始めてみるとか、文学全集に手を付けてみるとか、とにかく何か新しいことに。サークルや部活の勧誘から逃げていたのもそのためで、運動系のグループは特に意識的に避けていた。高校を卒業する前、一足先に大学生になった先輩がひょっこり部室に顔を出して色々と教えてくれたことがあり、それにもおおいに影響を受けていた。先輩によると、大学というのは高校とはずいぶん様子が違い、同期入学者でも年齢はバラバラ、年上の相手とも同じ立場で話すのがマナーで、そのマナーはときに上級生にも適用される。つまり大学で重視されるのは個人のあり方であって、部活内のような上下関係をあんまり尊んでいると幼稚で野蛮な人間と見なされるということだった。「みんなはこの高校で、チームプレーがいかに大切かを学んで――」と先輩は語った。「大学では、自分自身を見つめることがいかに大切かを学ぶことになると思う。孤独を知って、味方につけて、もっとタフになれると思う」

練習用ユニフォームを泥だらけにした後輩たちを見回し、私みたいに、と先輩は結んだ。留学を目前に控え、自分のルーツを一つ一つ巡っているところだという先輩は、私たちのチームにいた頃よりはるかに勇ましく、美しかった。

その勇ましさと美しさに、私は憧れた。先輩は留学だったが、そのときの私は引退試合となる夏の大会を目前に控え、ルーツより未来に関心があった。戦い抜いたその先を見通したいときだった。先輩はまさにそれを示してくれたのだ。

私の憧れは、しかし偽物だったのだろうか。憧れたつもりでいて、実は変化を恐れていたのだろうか。あるいは、東京の大学に進んだ先輩に対し私は地元の群馬から出なかったことと、何か関係があったのだろうか。侑希美さん、杏菜さん、潤子さんの振る舞いはあの日先輩が教えてくれたような大学生像の逆を行っていたが、むしろそのために私は彼女たちに惹かれた。下級生を前にした上級生特有のどこか見世物じみたやり取り、そのやり取りから漂う底意の匂い、ふんわりとした威圧感――そのすべてが私をまるで家にいるような心地にさせ、上下関係など尊ぶべきではない、大学生にもなってという自制心を、逆に制してしまったのだ。

野球部の練習場は、講義棟の建ち並ぶ一帯の、並木道を挟んだ反対側に隠れていた。そちら側が運動場になっているのは知っていたが、講義棟のほうから眺めるぶんには陸上競技場とテニスコートしか見えなかったので、その奥に練習場があると教えられたときには驚いた。隠れている。すぐにそういう印象を持ち、なぜか胸がざわめいた。

中庭でともにお昼を食べ、名乗り合った日の午後、先輩たちに連れられて私はさっそくその練習場に向かった。右手に六面、左手に四面と贅沢に広がるテニスコートのあいだに通る、ところどころ木洩れ日の落ちた小道を、テニス部員たちを眺めながら歩いた。昼食のときと違って会話はあまりなかったが、ラケットを振るテニス部員たちの動き、軽くて重いストロークの音が心地良く、私には楽しい道行きだった。そこにスポーツがあるだけで、心も、体もはしゃぎ出すというこのごく単純な現象は、大学生になったら変わらなければならないと思い込んでいた私にとって、単純なぶんだけ重要なことに思われた。

そうしてテニスコートを抜け、眼前に現われた野球場は、まさに壮観と呼ぶにふさわしい佇まいだった。塀の上に取り付けられた銀色のネットフェンスが天を覆わんばかりに広がり、神話に由来する地でもあるかのように堅固に、恭しく野球場を守っていた。一瞬、スタンド席があるのかと錯覚したほど広大なグラウンドは、遠目にも上質なものとわかる芝と黒土で覆われている。そしてその黒土を霧のように舞い踊らせ、かけ声を高く響かせながら、揃いの赤いアンダーシャツを着た選手たちが守備練習に励んでいた。丸い体をしたノッカーは、ゴロにフライにライナーにと自在に打球を繰り出しながら、誰よりも威勢のいい声を出していた。

私は熱いため息をついた。ネットフェンスも黒土も、天然芝も選手たちも、その野球場に属するすべてが美しく見えた。今日からここをホームと呼べるのだと思うと嬉しくてたまらず、優に二十人はいるこの赤いアンダーシャツの選手たちがいったい何者なのか――野球部員は全員ここに揃っているはずなのに――ということに、なかなか思い至らなかった。

そんなとき、おどけた口調で杏菜さんが言った。「部長、一年がソフト部に見とれてまあす」

それを聞き、私はようやく自分が何を目にしているかを理解した。あまりにも見慣れていて違和感を持てなかったが、よく見れば、選手たちが投げたり捕ったりしているボールは野球のものよりもずっと大きいのだった。

自分の目の中で野球場がソフトボール場へ、赤いアンダーシャツの選手たちが野球選手からソフトボール選手へと完全に姿を変えてから、私は前を歩く侑希美さんに視線を移した。杏菜さんの告げ口を受け、振り返るところだった。

「ソフト部はね。金も部員も持ってるけど、ついでに病気も持ってるから」侑希美さんはそう言った。並んで歩いていた杏菜さんと潤子さんが、私のうしろでフンと笑ったが、「だからここを通るときには、風向きに注意して」と侑希美さんは構わず続けた。「こっちから向こうに吹く風はいいの。今みたいにね。でも逆はだめ。連中の風下に立たないで。もしあいつらから吹く風に当たっちゃったら、まずダッシュよ。五百メートルダッシュ。それから熱いシャワーを浴びる」

どっちがビョーキなんだかと潤子さんが呟き、杏菜さんが笑う声が、またうしろから来た。私は振り返って困惑の笑みを浮かべ、そうすることで「病気」の解説を求めた。はっきり尋ねてしまうこともできたが、上級生が下級生に学ばせたいことというのはいずれも、口に出して聞いてほしいこと、自分たちが言い出すのを待っていてほしいこと、黙って察してほしいことの三種に分けられるのを私は知っており、このときの話題は少なくとも一番目には該当しないような気がしたのだった。そして、私の無言の問いがそっと無視されたことからいって、二番目でもないようだった。

私は侑希美さんがもうこちらを見ていないことを確認してから、あらためてソフト部員たちを見た。その頃にはいくらか後方に退いていたソフトボール場の上で、彼女たちは赤く躍動していた。小気味良い打球音が空へ放たれると、彼女たちの声もそれを追い、セカーン、と高く舞い上がった。

ソフトボール場を過ぎると道はだんだんと獣道のようになり、やがて完全な草むらに成り果てた。早くも夏めいた陽射しに頭を焼かれていたせいか、私はまるで夢へと渡るような心地でその草むらを歩いた。このまま進んでも野球場になど永遠に辿り着かない、とそうして歩きながらなぜか確信したが、ソフトボール場から離れるほどに気持ちは高ぶり、目の前で揺れる侑希美さんの黄色いフレアスカートをガイドの手旗のように見つめて進んだ。行ったことのない場所に行けることだけは確かだった。

野球場には辿り着かないという私の予感は、半分だけ当たっていた。不意に尽きた草むらの先に、まるで青草の海に浮かぶ小島のようにぽっかりと現われたのは、バックネットもダートサークルもピッチャーマウンドもない、野球場にはとても見えない空き地だった。それでも、朽ちる寸前のいびつなフェンスにどうにか外縁を辿らせることで何らかの場所であることは示していたし、野球部員を名乗る先輩たちが練習の準備を始めた以上、少なくとも、彼女たちがいるあいだは野球場であるはずだった。フェンスの向こう側には、田植え前の寂しい田んぼがどこまでも広がっていた。

グラウンド上には今にも消えそうな白線でダイヤモンドらしき四角形が描かれており、三塁側には錆びたベンチが、一塁側には、やはり屋根の錆びたプレハブ小屋がぽつんと佇んでいた。先輩たちは揃ってその小屋に入っていき、練習着に着替えてまた出てきた。ソフト部のような揃いのユニフォームではもちろんなく、三人とも私物の機能性シャツにジャージという格好で、侑希美さんの黒い野球帽だけが唯一野球部らしさを醸し出していた。

その野球帽の下からふんわりした三つ編みを二つ下ろして肩のあたりで揺らしなが

ら、侑希美さんは私にグラブを放ってよこした。「スパイクもあるけど」

「いえ、平気です」グラブを受け取り、答えた。チノパンにスニーカーと、その日は軽い運動ならば問題のない服装だった。もっとも、私はスカートを一枚も持っていなかったので、毎日似たり寄ったりの格好だったが。

「まあ、今日は慣らしだから。激しいことはやらないようにする」そう言いながら侑希美さんはバットを肩に置き、練習用の硬球がいっぱいに入ったオレンジ色のボールケースを足で引き寄せた。「とりあえず、これまでどおりの守備位置についてごらん」

「見て、梓。ここが一塁だよ」その声に振り返ると、薄汚れたベースを持った杏菜さんが、私のいるバッターボックスのあたりから三十メートルほど離れた場所に立っていた。

「遠い！」心底ぎょっとして、思わずそう叫ぶと、「十メートル以上違うからね」と潤子さんが三塁にベースを置きながら言った。「ソフトボールに慣れてると、びっくりするよね」

　私は一塁に向かってゆっくりと駆けた。バッターボックスから一塁へ——勝手知ったる一本道のはずだったが、これまでより十メートルばかり伸びたというだけで、何か神聖な経路を辿っている心地になった。潤子さんもソフトボール出身なのだろうか、初めてこの距離を走ったとき、やはりこんな心地になったのだろうか。そう考えながら、杏菜さんの置いた一塁ベースを踏んだ。二塁を見ると、そこにもまた杏菜さんがベースを置くところだった。潤子さんは自分の置いた三塁ベースの前で、のんびりとストレッチを始めていた。

なんだか妙に楽しい気分になって、私はセカンドの守備位置についた。右も左も広々として、まるで新しい部屋に越してきた感じがした。それはつまり守備範囲が広がったということで、喜ぶよりは気を引き締めるべき変化だったが、大地の受け持ちが広がり、空の受け持ちも広がった、そう考えるとわくわくして、春の風の強く吹き過ぎてゆく空を、私は一度も任された経験のない外野手のつもりになって見上げた。

それからようやくバッターに目をやった。侑希美さんはバットを肩に担いだまま、足元のホームベースを少し退屈そうにスパイクの先でつついていたが、顔を上げ、私と目が合うと、ニッと嬉しそうに笑った。その後どんなことに巻き込まれるかも知らず、私は彼女に見とれた。生協の前で声をかけられたときとは違い、このときはただ、容姿の幼さに見入っていた。童顔の印象は最初からあったし、お下げ髪の効果もあったろうが、練習着越しに浮かぶ未熟な線、渋みさえ感じるその無愛想な体つきには、そのときまで気付かずにいた。大学二年生。どんなに若くても十九だったが、勝ち気な笑顔とポーズはまるで十一、二の少女を思わせ、ソフトボールというチームスポーツをまだ知らなかった頃の自分が確かに持っていた宝、あの孤独な自由の記憶を、その姿から私は不意に引き出したのだった。

それでぼんやりして見えたのだと思う。コッン、と侑希美さんのバットから放たれた第一球目は、そっと私を揺り起こすような、弱く遅いゴロだった。にもかかわらず、私は見事にそれを取り損ねた——正面に構え、しっかりグラブに入れたはずが、体を起こしてみるとボールは足元に転がっていた。あれ、と私は左手にはめたグラブをぱくぱくさせながらボールを見下ろした。捕った感触はあった。球から目をそらしもしなかった。

「ドンマイ」潤子さんがサードの位置から声をかけてくれた。「大丈夫、すぐ慣れるよ」

その笑顔にはっきりと同胞の親しみが見え、頼もしい気持ちで私も笑みを返した。潤子さんはソフトのときもサードだったんですか、とあとで聞いてみようと考えながらボールを拾おうとしたとき、しかし早くも次の球が来て、一塁のほうへ転がったそのゴロに向けて私は走った。グラブはどうにか間に合わせたが、球はまた落ち、その小さな球体を捕まえることに私が淡い絶望を抱く間もなくまた次の打球が放たれた。

侑希美さんは私にだけ向けて打った。激しいことはやらないという約束は早々に反故《ほご》にされ、一球一球の間隔は狭まり、打球音はみるみる尖って鼓膜を刺し始めた。私は夢中になって受けた。選手としての脊髄反射より、動物としての生存本能に近かった。実際、体勢を立て直さないうちに飛んできたライナーのうち一球は私の髪を掠め、一球はふくらはぎに命中した。杏菜さんが立ち尽くしているのが時折視界の左端に見え、侑希美さんを呼ぶ潤子さんの声がやはり、時折聞こえた。どちらも遠かった。

向かい風に逆らいながら、私は拡大した守備範囲の中を駆けずり回った。それが守備練習ではなく通過儀礼であることはもうわかっていたが、いわゆるしごきとはどこか違うとも感じていた。侑希美さんの打球に込められていたのは、今後の覚悟や先輩たちへの忠誠といった、こういう場面で上級生が下級生に求めがちなメンタリティではないように思えた。腿に、肩にと疑いようもなく意図的に打ち込まれる球から私が感じたのは何かもっと実際的な要求で、打球そのものからもたらされる教えは、そうした打者の思惑を抜きにしても実際的なことばかりだった――野球ボールがいかに速いか。いかに硬く、いかに痛いか。バットの上での荒っぽさとは裏腹に、手の中ではいかに小さく慎ましやかか。打球を文字通り全身で受け続けることで、ソフトボールとは似て非なる野球の現実を私は徐々に知っていったのだった。

やがて私の捕球技術も、安定したというほどではないにしろましになった。何よりグラブに入れたときの、ソフトボールと比べるとまるで無を摑んでいるようだったあの空虚さが確かな手応えに変わったことは、慣れという言葉では片付けられないほどの喜びを私にもたらした。球を摑んだ——野球の心臓を摑んだ！　しかしその実感を得ると同時に、体の内部に昔からずっと貼り付いていたものが荒っぽく剝がされていく感じもした。借り物のグラブで硬球を受けるたび、腹が喪失の萎縮で疼いた。新しい宝を得る喜びと、古い宝を捨てる痛み、二種の体感に私はいっとき恍惚とし、今、硬球に打たれているのは過去の自分なのだ、ソフトボール選手としての体なのだと、その中でようやく悟ったのだった。

そしてそれこそが、おそらくは侑希美さんの要求でもあった。元ソフトボール選手の私は彼女にとって不体裁な細工の施された彫像で、バットは槌、打球はいわば鑿《のみ》だったのだ。

球ばかり見ているうちに影が遠のき、肉体を持った存在というよりは白球を降らせる大いなる力のように思われ始めていた侑希美さんを、私は久しぶりに目視した。それを拒むかのように彼女は二遊間に高めの打球を、一二塁間に強烈なゴロを、正面に強襲狙いのライナーを放ったが、それまでにさんざん鑿で削り取られていた私は新しいフィールドの上をまるで我が家にいるような身軽さで跳び回った。そしてすべて捕球しただけでなく、打球と打球のわずか数秒のあいだにしっかりと打者を見据えた。大いなる力でも、概念でもなく、確かな肉体を備えた一人の人間として侑希美さんはバットを構えていた。次の球を待ち構える私の目に映ったのは、剛力の四番打者だった。

その日初めてのフライが、まっすぐ、天を穿《うが》つように打ち上げられた。もし存在すればピッチャーマウンドのあたりと呼べる位置まで出て、上空ではなぜか黒く見える白球が落ちてくるのを待った。青空に今さら気が付き、自然と笑みが浮かんだ。その笑みの真上で捕った。

それが最後の一打だった。侑希美さんはバットを捨てると、かわりに拾い上げたキャッチャーミットをはめ、投げろと合図した。彼女もまた笑顔だった。そのそばにはいつの間にか杏菜さんがいて、ボールをケースに戻していた。私が取り散らかしたボールを集めて杏菜さんに送っていたのは潤子さんで、私が見たとき、彼女は一塁のあたりをうつむき加減にうろついていた。ノックが終わったことには気付いていたはずだが、顔を上げようとはしなかった。

私はグラブの中のボールを握りしめ、もうそれを小さいとは感じないことを確かめてから、山なりに投げた。打ち身が熱を持ち始めていたが、おかげで風が気持ちよかった。

書面上の手続きなどはなかったが、部長のノックを受けたことで名実ともに野球部員になった私は、それによって厳しさも甘さも増した先輩たちのもと、できるだけうまく立ち回ろうと努めた。上級生というのは本能的に下級生を取り込もうとするものだが、三人の上級生に対して一人きりの下級生では、その本能的欲求を全員ぶん満たすのはまず無理だった。だから自分が誰かのお気に入りになることで誰かが不満を募らせることのないよう、私は三人に対して平等に従順に、平等に素っ気なく接した。

その中で自然と浮上したのが、信条の問題だった。なんのために野球をするのか。どこを目指して進むのか。

部員を集めて野球部を設立するという目標は、先輩たちにとって表面的な共通点でしかなかった。杏菜さん、潤子さんは野球に興味のある人なら誰でも仲間にしたがったが、侑希美さんは選手の資質を重視し、二人の手ぬるいやり方を決して受け入れようとしなかった。しかも選手の選別基準は彼女自身にしかわからず、また恐ろしく厳しくもあり、私以降の新入部員は一向に入る気配がなかった。

　杏菜さんと潤子さんはその現状に明らかに歯痒さを感じていたが、練習にはいつもすすんで参加した。二人は本当に野球が好きだったのだ。野球というスポーツに対する根源的な喜びが彼女たちにはあり、二人と一緒に練習していると、私はよくソフトボールを始めたばかりの頃のことを思い出した。二塁ベースから投げたボールが初めてノーバウンドでホームまで届いたときのこと。バットを振った腕に初めてジャストミートの快感が走ったときのこと。みんなで整備したグラウンドが静かに、厳かに広がるさまに、嵐の前の海を感じたときのこと。

　キャッチボールやトスバッティングといったシンプルな練習を、それ自体が目的であるかのように楽しむ二人と、私もおおいに楽しんだ。しかし心は、どうしても侑希美さんに惹かれるのだった。私は彼女が具体的に何に固執しているのか気になった。それに、勝つために選手を集めるという信条は、野球という現実に対して誠実であることの証左だとも思えた。

　ほどなくして、侑希美さんは私に有望な選手の見抜き方を伝授した。潤子さんたちのように盾突くことのない私に、新入部員勧誘の仕事を手伝わせようとしたのだ。そしてそこで初めて、私は彼女が本気で健康を崇拝していることを知ったのだった。

「いい、梓。私たちに必要なのは健康な選手よ。経験もセンスも二の次。健康であることは、最低限の条件であると同時にそれ以上はない素質なんだから」

侑希美さんと私は、一塁側のあのプレハブ小屋に残って話をしていた。外観こそ粗末だったが、みんなに「部室」と呼ばれているその部屋は部そのものと違ってその名にふさわしく、近隣の高校に寄付してもらったという使い古しのグラブやスパイク、ヘルメットといった道具が、壁一面に取り付けられた棚にずらりと並べられていた。部員数が今すぐ五倍に増えても対応できそうなほど充実したそれら道具類の反対側には、グラウンドコートのかけられたコートハンガー、そして小さなドレッサーが置かれ、砂だらけの床に敷かれたラグには毒々しいほど濃いえんじ色をしたガーベラが描かれていた。

侑希美さんは折りたたみ式スツールに腰掛け、「健康な女を見抜くには――」とガーベラの上にあぐらをかいた私を見下ろした。「まず、そうじゃない女の見抜き方を覚えること。というより、嗅ぎ分け方を。病に冒されている女には独特の臭いがある。髪や、胸元から発生するあの――瘴気《しょうき》みたいなものの臭いが」

「瘴気」私は呟いた。初めて口にする言葉だった。「どんな臭いですか?」

「あんたがそれに気付かないのはね、実際のとこ、この大学はその瘴気で満ちてるからよ」侑希美さんは腕を組み、背にした窓を振り返った。「この大学は病んだ女の瘴気で満ちてるし、この世界は、病んだ女たちで満ちてる」

カーテンの端から入り込んだ光が侑希美さんの鼻筋を白く照らすのを眺めながら、私はソフトボール場のそばを通るたびに脳裏をよぎる例の教えを思い出していた。ソフト部からの風に当たったらまず五百メートルダッシュ、それから熱いシャワーを浴びる——でも世界が丸ごと病に冒されているなら、そんなことになんの意味があるだろう。延々逃げ続けろとでも言うのだろうか。

侑希美さんはこちらに向き直り、私の怪訝な顔を見て笑った。彼女がこだわる「病気」について、今こそきちんと尋ねてみようと思ったが、「あんたが何を考えてるかわかる。それならソフト部だけ避けても意味がない、そう思ってるでしょう」と侑希美さんが先に、一歩前の疑問に触れた。「でも私たちから一番近いのがあいつらなのよ。すぐ隣にいて、同じ病に引きずり込もうとしているのが。だって……潤子がソフトボールを恋しがってるのに気付いてるでしょう?」

私は驚き、丸めていた背を伸ばした。潤子さんが本当にソフトボール出身かどうかもまだ確かめていなかったが、気付いてるでしょう、と言われてみると、確かに気付いていた気がした。

「杏菜は高校だけだけど、潤子のほうはあんたと同じで、中高の六年、ソフトをやってた。で、今またそこに帰りたがってる」光から背けた侑希美さんの顔は闇を含み、私は初めてそこに年相応の影を見た。「ソフト臭さを別にすれば、出会った頃のあいつは最高だったな。健康で、上昇志向で、肝が据わって、強いチームを作りたいっていう私の夢を笑ったりもしなかった。スポーツそのものを目的とした、正真正銘のスポーツ選手だった。あらゆる意味でハンサムな女。私にとって、それが潤子よ」

私は広げていた膝を起こし、腕に抱えた。胸から生じた熱が首を通り、顔を赤く染めていくのがわかった。少女時代をソフトボールに捧げ、経験と健康さを理由に侑希美さんに選ばれる、というほぼ同じ道を辿ってきた潤子さんへの称賛を、つい、自分に重ねて聞いたのだった。

その馬鹿げた自意識に気付いたのかどうか、侑希美さんは喋るのをやめて私を見つめた。熱っぽさと涼しさの交じり合った視線が私の頰に、胸に、腰に触れた。恥じらいの熱がたちまち全身に広がっていったが、腹のあたりでふと、抗いの強張りができ、母のことがそこで自然と思い出された。私の体はかつて母の領地だった。肉付きを確かめるにしろ、穴掘り遊びで汚れた手を払うにしろ、それからただ愛撫するにしろ、母は自由に私に触れることができた。

しかし、すっかり母の手になってしまう前に、侑希美さんはその目を弦月形に細めて笑った。「梓、あんたどこ出身？」

思いがけない問いに驚いている間に、「群馬県内なのは間違いないよね」と楽しそうに続いた。「このへんでしょう。このへんの子って感じ、するもん」

これまで一度も出身地の話をしてこなかったことは考えてみれば意外だったが、こんな聞き方をするということは、きっと東京の人なんだろう。そう思いながら、「まあ、はい」と都民の前ではどうしてもやや卑屈になってしまう群馬県民の声で答えた。

「伊勢崎です」

「伊勢崎！」パチンと、侑希美さんは上機嫌に手を叩いた。「潤子と一緒」

「ほんとですか」

「うん。潤子が伊勢崎で、杏菜が高崎。私は前橋」

「ほんとですか」こちらの声も浮き立った。「嬉しい。みんな地元っ子なんだ」

「そう、みんな地元っ子。みんな両毛線」その事実を地に染み込ませようとするように、しっとりとした低音で侑希美さんは囁《ささや》いた。「みんな風の女たち。赤城山から吹き下ろされる空っ風に、子供の頃からさらされてきた女たちよ。だから病気とも縁がなくて、とても強くて、体の隅まできれいなの。その幸運をみんなもっと自覚すべきよ。この土地に生まれついた意味を。自分の強さと健やかさを。まっとうなチームは、だって、私たちにしか作れないものだと思わない？　精神を統一させ、パフォーマンスを安定させる、スポーツ選手に求められるそうした能力があらかじめ備わった体を持っているのは私たちだけなんだから。潤子は私を冷血だと言う——心ない排外主義者だって。分け隔てなく誰でもチームに入れるべきだって。つまりあいつがなびいてるのは、ソフトボールそのものにじゃないのよ。馴れ合いに、甘えに、お砂糖に、スパイス、それから素敵なものいっぱい。そんなものが恋しいの。でも梓、よく考えて。なんのために私たちは集まった？　なんのために言葉を交わして、名乗り合った？　愛し合うため？　まさか。野球をするためよ！」

野球をするため——刺々《とげとげ》しく吐き出されたその言葉が、刺々しいまま胸に染み、侑希美さんの排外主義をもう少し見ていたいと思うのも、排されなかった自分を少なからず誇らしいと感じるのも、その先に野球があるからだと私はこのとき気付いたのだった。

「ええ。ほんとに」私は頷いた。「ただ野球がしたいだけですよね」

「そう。ただ野球がしたいだけ」侑希美さんは頷き返し、スツールから腰を上げた。そして私の正面にあぐらをかき、「そのためにも、梓、選手を集めよう」と部長の顔になった。「明日から手分けして健康な子を探すの。健康な子だけを。あんたはまず瘴気の臭いを学ぶこと――行き場をなくしたどぶ川みたいな、滞留して淀んだ体臭よ。それさえわかれば自然と健康体を見抜ける。健康な女の体には常に風が通ってるから、濃い瘴気の中にいるとそこだけぽっかり穴が空いてるみたいに感じるの。透明で、清らかで、まるで誰もいないみたいに」

そう言うと、侑希美さんはそっと私の手を取った。抵抗を感じたが、冷たく柔らかな彼女の手は不思議と懐かしくもあった。彼女は私の手の強張りがすっかり溶けるまで待って、「でも遥《はるか》には気を付けて」と囁いた。「ソフト部の部長。遥は私たちとは違う理由で健康体を探してる。すべての女に病気をうつしたがっていて、潤子をたぶらかしてるのも、そのついでに杏菜も取り込もうとしてるのもそいつ。間違いなく、遥はじきあんたのことも捕まえに来る――全人類の母みたいな顔で、背中に隠し球を潜ませて。でも絶対に捕まらないで。得意の逃げ足を使って。それで必ず、私のところに帰ってきて」

遥、という初めて聞く名が、ゆっくりと胸中を泳ぎだした。それでも目はただ侑希美さんだけをとらえ、手は彼女の肌だけを感じ、考えることは、もしこの手を握り返したらどう取られるだろうということだった。厚かましい奴だと思われるだろうか。

この対話はあくまで指示で、盟友の誓いではないのだと？
しかし心は、やがて彼女の笑みだけを求め始めた。私は忠臣の顔で頷き、首尾良くそれを手に入れた。

侑希美さんの言う「瘴気」を嗅ぎ分けようとその翌日から意識して構内を歩いたが、私にはかすかな異臭さえ感じ取れなかった。広くて長い並木道、賑やかな学生食堂、静けさの中に知識欲と睡眠欲が渾然と入り交じった大教室。大学構内はどこもかしこも女子学生で溢れていたが、彼女たちが振りまいているのは普段のきらめきだけだった。

それでも努力の跡だけは見せたかったので、私は週に一コマだけ侑希美さんとかぶっている講義のときや、学食で彼女を見かけたときなどには必ず寄っていって、もっともらしい顔つきでいい加減な情報——国際社会論で一緒の子が健康そうに見える、いつも五号館ですれ違う子は風通しのいい感じがする——を流した。実際に確認されてしまえばそれまでで、まだまだだとそのたびに嘲笑《あざわら》われたが、そうしたやり取りのために侑希美さんとの時間が増えるのは嬉しいことだった。瘴気の臭いを嗅ぎ取れないにもかかわらず、私はいつしか大学を病巣ととらえ、自分も病に冒されるかもしれない、まさに今、体内に瘴気が入り込んでいるかもしれないと考えるようになっていたが、彼女がそばにいるときだけはその恐怖が和らいだのだ。悪いものはすべて、侑希美さんから吹く風が吹き飛ばしてくれる気がした。彼女に嘲笑われ、罵られ、無駄足を運ばせた罰としてアイスティーを奢らされるということは、つまりそのあいだは安心して呼吸ができるということだったのだ。

一日の中でもっともその安心感が膨らむのは、授業を終えて外へ飛び出し、スパイクにはき替えた足で野球場の土を踏むときだった。大学という巨大な共同体から遠く離れた野球場では、侑希美さんの守りはより強固に、より純粋な力に変わり、私という小さな選手を大きく包み込むのだった。その空き地を野球場と呼ぶことに私はいつの間にか抵抗を感じなくなっていたが、おそらくはそれも、「野球をする場」という認識が安心に繋がっていたからだと思う。そこでは野球だけをしていればよく、それ以外の行いはむしろ忌避され、私たちの共通点さえ一つきりになるのだった。野球をする者。

頼りなく感じても不思議のないこの事実にどれだけ勇気づけられていることかと、その日、ベースランニングの最中に私は実感した。私は野球をする者で、ほかの野球をする者たちと、野球をする場を駆けている——なんという幸運！　この価値は私たちにしかわからない。野球の心臓を摑んだ者にしかわからない。そして、そう考えながら二塁を蹴り、三塁へと向かう体とともに思考もなだらかな弧を描きながら疾走し、瘴気とはつまり、この幸運以外のすべてだ、と私は出し抜けに瘴気の正体を悟ったのだった。この幸運以外のすべて。野球場の加護を得られないものすべて。無益なお喋り、過剰な褒め合い、悲鳴のような笑い声。馴れ合いに、甘えに、お砂糖に、スパイス、それから素敵なものいっぱい。大学に満ちた瘴気とは、これまで私が「一般」とか「社会」とか、ときには「世界」とまで呼んで受け入れてきたものだったのだ。

三塁を踏み、振り返ると、ちょうど侑希美さんが一塁から走り始めるところだった。今にも風に飛ばされそうな彼女の痩身は、しかし風そのもののように強く、重く駆けた。

そうしてまた構内の歩き方が変わった。瘴気の気配を確かに感じるようになり、緊張が生まれた。健康な女の体には常に風が通っている、という侑希美さんの言葉もはっきりイメージできるようになったが、野球場の外でそういう女子学生を見つけることはなかった。時折、空気が変わってハッとするときは、だいたい侑希美さんがそこにいた。掲示板の前で、駐輪場のわきで、連絡通路の中ほどで、侑希美さんは少女の趣で佇んでいた。おそらくは私と同じものを感じて振り向いた顔には、いつも無垢な笑みが浮かんだ。

そんなふうに構内でふと出くわし、なんとなく並んで歩いていたとき、私たちは一度だけ未知の健康体に出会った。チームの補強には繋がらなかったが、素敵な出会いだった。講堂のそばに差し掛かった私たちが、竜巻ほども強力でありながら優雅で、何より清涼な風を感じて顔を上げると、新緑の下を颯爽と歩く白髪《はくはつ》の淑女の姿があったのだ。私たちは立ち尽くして彼女に見入った――上品な水色のワンピース、まっすぐに伸びた背、輝く瞳、白く艶めく健康な肌。私は自然界で時折起きる奇跡的な一瞬に立ち会った心持ちですくんでいたが、侑希美さんはおそらく駆け寄りたがっていた。頬は赤らみ、呼吸は荒れ、羨望に満ちた目はほとんど獣のそれだった。しかし、その淑女が数人の職員を従えて目の前を通り過ぎるときも結局は動かず、ただまぶたを、頭を垂れるかわりのようにそっと伏せた。

そのあとで調べてみて、私たちが見たのが大学に呼ばれて講演に来ていた英文学者だったとわかった。明水大出身、御年七十八歳。処分されずに残っていた講演のパンフレットを侑希美さんは深い敬いの眼差しで見つめていたが、やがて、それをきれいに二つ折りにしてこう言った。「彼女のフィールドは文学なのね」

敬いはそのままに、そっと離れる声色だった。私たちは学食にいて、これから午後の授業に出るところだったが、心はもう野球場に向かっていた。

あの日、生協前で私を見つけた侑希美さんはどんな気持ちだっただろうと、この時期によく考えた。もちろん、自惚れ交じりに。健康な学生はそのくらい見当たらず、翌春のリーグ戦どころか、この調子ではただの練習試合にも臨めそうになかった。

しかし問題は、まず私たち部員のあいだで起きた。

きっかけを作ったのは私だった。侑希美さんについて回るうち、三人の先輩に平等に振る舞おうという当初の気遣いをすっかり忘れてしまっていたのだ。杏菜さんと潤子さんの物腰にあるとき、ひんやりしたものを感じ、それに気付いた。潤子さんが私に同胞の笑みを向けてくることも、杏菜さんが子供っぽいいたずらを仕掛けてくることも、いつしかなくなっていた。

私の下級生としての不行き届きは、単に私と杏菜さん、潤子さんの上下関係を悪化させただけでなく、部内に二対二の構図を作り上げてしまってもいた。四人全員揃っても、練習のあいだ常にどこかよそよそしい空気が流れるようになり、潤子さんか杏菜さんのどちらかが練習に出られないときには必ずもう一人も一緒に休むようになった。そして、だんだん、二人が練習に来る回数は減っていった。

五月の連休が明けて最初の練習日にも、杏菜さんと潤子さんは来なかった。二人だけのときはいつもそうしていたように、侑希美さんは一塁側のファウルライン上に、私は一二塁間に立ってキャッチボールを始めた。しかし、五往復も投げ合わないうちに私は気が滅入ってしまった。貧相とはいえ広々とした野球場に、私たちは二人きりだった。そんなふうに肩を慣らしたところでいったいなんになるというのか。何より耐えがたかったのは、間違いなく私より重要な二人の選手を、私のせいで失いつつあるということだった。

侑希美さんから送られてきた何球目かを胸元で捕ると、私は数歩後ずさった。互いの距離が近すぎる気がしたのだったが、涙の匂いがそのあと鋭く鼻を刺し、これを勘付かれたくなかったのだという本心に気付いた。涙が少しずつ近寄ってくるのを感じながら、私は少しずつ侑希美さんから遠ざかった。直線の返球を受けるたび、遠ざかった。

やがて私は内野を出、外野部に足を踏み入れた。三十メートル、四十メートル、と侑希美さんとの距離が広がるにつれ空も広がった。空には雲一つなく、陽射しはまるで夏だったが、実際には夏ではないのが悔しかった。私は本物の夏が欲しかった。

八十メートルほども広がった距離のせいか、涙のせいか、侑希美さんの姿はいつしか霞んでいた。それでもこちらへ迫る白球の、低い弾道はよく見えた。ノーバウンドで届くことはもうなかったが、鋭かった。そのまっすぐさに、捕るたびに私は打たれて、こちらもできるだけまっすぐに応じた。弱い心は乗せなかった。捕るに価する球だけ投げた。

「遠投、終わり!」しばらくの後、自分の指示で始めた練習だったかのように侑希美さんが叫んだ。それから、ボールを握った手を大きく振った。「次、遠足!」

遠足? と普通の声で話せる距離まで近付いてから聞き返すと、例の企業チーム、ハスオカ野球部が市民運動場で練習をしている日なので、その見学に行こうという話だった。

息抜きが必要だと思われたかと、今しがたの自分を思い返して考えたが、ドレッサーの前で念入りに身支度を調える侑希美さんを待つあいだに、この人の純然な望みかもしれないと思い直した。彼女は鏡の中の自分から決して目を離さなかった。顔の要所要所に色をのせ直し、三つ編みがほどよく強調してくれたウェーブをヘアスプレーとドライヤーでふんわりと固め、仕上げにつば広の帽子を、おそらくは肌と髪がもっとも美しく際立つように、角度を慎重に定めつつかぶった。私は初めてハスオカ野球部の話を聞いたときのことを思い出していた。三波という投手のことを語るあいだ、侑希美さんはまるで日の光のように顔を輝かせていた。

駅まで一緒に帰るのはほぼ毎日のことだったが、こんなに明るい時間に侑希美さんと大学の外を歩くのは初めてだった。細い背をまっすぐに伸ばし、小さな足を軽やかに繰り出して歩くさまは、先日見かけた白髪の淑女を思わせた。ミントグリーンのフレアスカートは時折風をはらんでふくらみ、その裾が隣を歩く私の脚に触れた。私は自分の黒いデニムパンツを見下ろし、その乾ききった色にミントグリーンのうるおいが重なるのを見て、初めて買うスカートはこの色にしようと考えた。

市民運動場は大学からおよそ二キロほど東に位置する、中学時代に練習試合か何かで一度だけ行ったことのある場所だった。質素で感じのいいところではあるが最新設備とは無縁の施設で、大手企業の野球チームが練習に使っていると聞いてもピンと来なかったが、実際に行ってみると、確かに、そこを駆け回っている選手の何人かは「ＨＡＳＵＯＫＡ」とロゴの入ったシャツを着ていた。

私たちは三塁側の、ネットフェンスの外側に置かれたベンチに腰を下ろした。平日のためか微妙な時間帯のためか、見学者は私たちのほか三人しかいなかったが、ミニゲーム中の野球場は大声が飛び交い、活気に満ちていた。侑希美さんはグラウンドの隅を指差すと、たった一言、「三波」と囁いた。

長身で、痩せ型の投手だった。ミニゲームには参加せずに黙々と投球練習をしていたが、三回か四回に一度——返球を受けてから次のセットポジションにつくまでのあいだに——大柄の捕手に口の端でほほ笑みかけた。力感のないフォームから生まれるのは、目を見張るほどきれいな球筋のストレートだった。

三波投手のストレートはキャッチャーミットにおさまるたびに小さな炸裂音をたて、私の身を震わせた。幾重にも響くその振動が、胸の底から再び涙を滲ませ始めた。目に映るものすべて、耳に入る音すべてが完璧だった。投手が投げ、捕手が捕り、打者が打ち、走者が走る。そこは野球場だった。夏のようで夏でない陽射しは等しく降り注いでいたが、本物の野球を侵せるはずもなく、野球場から立ちのぼる真実がむしろ空に真の夏を呼び込みそうだった。野球がしたい、と私はかつてないほど強く思った。野球がしたい。それがどれほど恵まれていることかも忘れて、当たり前に野球がしたい。そのとき、三波のストレートがひときわ鋭い音をたて、私は自分がまだ一度も野球をしたことがないことに気が付いた。

侑希美さんは三波を見つめていた。鏡を見るときと同じように見つめていた。それで一瞬、この人はかつてピッチャーを目指していたのではないかと考えたが——誰しも一度はピッチャーに憧れる——おそらくそれは二塁手的な考えだった。彼女は捕手だ。二塁手にとっての投手は光り輝くエースだが、捕手にとって投手とは命だ。捕手を捕手たらしめ、その力と存在を実証するのが投手なのだ。

自分が投手でないことに私が劣等感をおぼえた瞬間、まるでそれを察したかのように侑希美さんがこちらを向いた。それまで三波を見つめていた目が、今度は私を見つめていた。彼女が何かを言いかけてやめるのを、私はそのとき初めて見た。ドレッサーの前でコーラルピンクに塗り直された唇が、ためらいがちに開かれ、せつなげに閉じられていった。

「母は昔、このチームのメンバーだった」

やがて彼女はそう言った。さっき飲み込んだ言葉なのかはわからなかった。「母もこの土地の人間で、健康だった。でもあるとき、ちょっとした油断から、病気になって。監督やほかのメンバーは続けるべきだって言ってくれたそうだけど、いいコンディションを保てないとわかっていながら続ける気にはなれなかったって、そう言ってた。周囲に気遣われるのも、残りの野球人生をリハビリにあてるように感じるのもいやだったって。母は私を愛してくれたけど、本当は顔を見るのもつらかったんじゃないかと思う。だって私を見るたびに、自分が挫折したことを思い出したはずだからね。娘は誰でも、母親の敗北から生まれるものだから」侑希美さんはほほ笑み、目を伏せた。

「それでも、ほんとに大事に育ててくれたのよ。今も、昔も、誰より母を尊敬してる。私にとって母の一番素晴らしいところは、自分の恥と失敗を隠さずきちんと認めていたこと。その上で教訓を与えてくれたことね。女の体にはもともと病が眠っているものだけど、自分を律することさえできればいつまでも眠らせておくことができる、母はそう教えてくれた。だから病の気配を感じ取ったらすぐにその場を立ち去って、五百メートルダッシュ、熱いシャワーを浴び、迷いは捨て、さっぱりした自分自身に戻ること——。自分という個を蔑《ないがし》ろにしたとき、女の病は目覚めるのよ。誰かを理解し、理解されることで生きたいと願ったときに。それがたとえほんの一瞬の願いでも、体は決してごまかせない。自分を捨て、他者を受け入れる準備を始める。ただの器になる準備を。そうしてだんだん、意識が朦朧とし始めて、膿んで痛む臓器から、汚れた血が溢れて止まらなくなる——その血の激流に乗って、女の子は生まれるのね。母はよく私に、あなたはだあれって尋ねてきた。トレーニングみたいなものよ。あなたはだあれ、女の子？　それともママの侑希美ちゃん？　答えはこう。ううん、私は野球選手……」

侑希美さんは帽子の陰の中で笑った。その陰から声が漏れ出ないよう、病の話が風に乗り、野球場を汚さないよう気遣っているように見えた。

「潤子たちは、あれでいいのよ」とそれから不意にそう言った。「だって、見て。ここはこんなにきれいでしょう。人も、土も、風も澄んでる。野球場ってこういうものよ。あの二人にとって野球場が居心地の悪い場所なら、それは、つまりそういうこと。メンバーを揃えることより野球を尊重することのほうが大切だってこと、忘れないでね、梓。私たちは野球選手なんだから」

私は頷き、そこで彼女に握られた手を、初めて強く握り返した。

そのとき、監督が大声で三波を呼んだ。どんな愉快な成り行きがあるのか、ミニゲームの参加者たちはその起用を知るとわっと沸き、楽しげに野次を飛ばし始めた。三波投手は手にしていたロジンバッグを捨てると、私たちと同じ、学生のような顔で笑って、ゆっくりとピッチャーマウンドに上がっていった。

大学の野球場は翌日も二人きりだったが、そこから始めるしかなかった。ハスオカ野球部が見せてくれたような光景をいつか家と呼ぶためには、私たちはまず、寂しさを誇りに変えねばならなかった。

その次の日、しかし、いつもどおり練習に出て目を疑った。全員揃ったところでがらんとしているはずの野球場が、大勢の人で溢れていたのだ。私は最初、何か野球部とは無関係のイベントでもやっているのかと思ったが、杏菜さんと潤子さんの姿をじき認め、そこにいる人々が皆選手だということ、そこで行われているのが間違いなく野球の練習だということを理解した。笑い声をあげながら、実に楽しげにシートノックをしているのだった。

私は草むらに立ち尽くした。ハスオカ野球部に抱いたのと似た羨望をまず感じたが、そのあとにすぐ、感じたことのない喜びが胸を強く締めつけた。これは夢じゃない。ここは市民運動場じゃない。ここは私のフィールド、私のホームグラウンドだ。

それまで未開拓地さながらの暗さと寂しさを醸し出していた外野部に、三人の外野手という光がもたらされているさまに私は見入った。二塁手の私にとって外野手、特に右翼手と中堅手の存在は常に心の拠り所だったが、その外野手の長い不在が、いつしか胸を涸れさせていたようだった。彼女たちがただ守備位置についているのを見るだけで、そこが豊かに潤っていくのを私は感じた。

外野手たちをはじめ、野球場は野球の正しさに満ちていた。シートノックの要となるバッターがいて、野手たちからの返球を受ける係がいて、守備練習には参加せずに素振りをしている面々がいて――私は自然と口元をほころばせた。みんな本当に楽しそうだった。内野手たちが特に興奮気味で、笑ってばかりいるのは、ボールに慣れずにうまく捕球できないためのようだった。

彼女たちのおぼつかない動作を眺め、早くも先輩の気分になり始めたとき、隣にふと侑希美さんが並んだ。彼女がほとんど音をたてずに草を踏み分けてきたことに私は驚き、挨拶も忘れてその横顔を見つめた。頰の青さに、また驚いた。

それからあらためて野球場に目を向けると、視界にまず飛び込んで来たのは鮮烈な赤だった。気付いていなかったわけではなかったが、目を青みに浸してみるまで、どこからともなく現れた選手たちが白い練習用ユニフォームの下に赤いアンダーシャツを着ていることに、なぜだか意識が向かなかったのだった。

「侑希美！」とそのとき、晴れやかな声が響いた。

潤子さんだった。バットを高く掲げていた。次々と打球を放って野手たちをキャアキャア騒がせていた彼女と、その横でみんなからの返球を受けていた杏菜さんは、それぞれの仕事を一時中断してこちらへと歩き出した。

張り上げなくても声が届く距離まで近付くと、潤子さんが言った。「遥がね。部員を分けてくれるって」

「だから？」侑希美さんはすぐさま返した。顔色にそぐわない、熱い声だった。「なんの権限があってあんたが外部とやり取りするの？　ここの部長は誰？」

「遥は、もちろん、この子たちに無理強いしたわけじゃないのよ」潤子さんは侑希美さんの問いを堂々と無視した。「あいつはただソフト部の新入部員たちに、ためしに野球をやってみる気はないかって聞いてくれただけ。でもそうしたら、こんなにたくさんの子たちが手を挙げてくれて――」潤子さんはそこで、赤いアンダーシャツの選手たちを振り返った。彼女たちはかわりのバッターを立て、自分たちだけでシートノックを再開していた。「ソフト部の一年生の、約半数が来てくれた。今はまだ体験入部の段階だけど、手応えはある。みんな野球に興味津々よ」

「でもまあ、遥の挑発が効いたのは確かだね」杏菜さんが愉快そうに口を挟んだ。

「あいつがこの子たちに言ったの。もし野球部の立ち上げメンバーに加わって、公式戦で一勝でもしたら、その勝利はすでに器のできあがっているソフト部の一勝よりはるかに価値が大きくて、栄光と呼んでも過言ではないものだって。だけどもし冒険するのが嫌いで、先輩たちの功績を自分の功績のように語るのが好きなら、ソフト部に残っても構わないけどって――つまりここに来た連中は、喜んで挑戦を受けるタイプ。危険を冒すのが大好きな跳ねっ返りたちよ」

侑希美さんはほほ笑んだ。「あんたたち、いつからソフト部のミーティングに参加するようになったわけ？」

潤子さんがすぐさま切り返した。「あんたのやり方にいい加減うんざりしたときからよ」

「私になんの相談もなしに、よくこんな勝手な真似ができたわね」

「さんざん相談したでしょうが」潤子さんの鋭い、硬い声が前に出た。「何度も何度も相談したでしょう、あんたの言う健康さとやらで選手を選別するのはいやだって。いつまでたっても部員が増えないだけじゃない、そんなやり方は差別的で、完全にスポーツマンシップに反するって。その意見にあんたがいつ耳を貸した？　鼻で笑ったり無視したりする以外に、どう応じたっていうの。いい、私と杏菜がソフト部に移るのはたやすいことなのよ。その気になればいつだってできる、今すぐにでも。侑希美、これは最後のチャンスよ。この子たちを受け入れて。野球選手として認めて。それができないなら私たちは出て行く」

侑希美さんは潤子さんからソフト部員たちへと視線を移した。青白い頰に、うっすら赤みが差していった。

「侑希美」潤子さんはいくぶん声を柔らかくして呼んだ。「私、あんたの見る夢が好きよ。この大学に野球チームができたら本当に素晴らしいなと思う。それでいつか、私たちの娘の代か、ひょっとすると孫くらい下の代になるかもしれないけど、その頃の後輩たちが、私たちが今ひどく時間を取られてるこの面倒ごとと無縁でいられたら最高だなと思う。その頃にはきっとここも、ソフトボール選手をわざわざ野球選手に変える場所じゃなくなっているはずよね。私たちはみんな白髪のおばあちゃんになって、もう野球はできなくなっているかもしれない。でも自分たちの世界に野球が当たり前に存在するのを見ることができたら、そのとき私たちが手にするものこそが、きっと本物の栄光よ」

潤子さんのかわりにバッターボックスに立った、横顔の勇ましい選手を侑希美さんは見ていた。ついさっきまでどうにかバットにボールを当てているという具合だったのが、もう野球ボールの感じを摑み始めていた。それは野手たちのほうも同じで、浮かれきった笑い声も、過剰な歓声もいつしかおさまり、彼女たちはフィールドいっぱいに薄い緊張の膜を張って次の打球に備えていた。

判別しがたいほどかすかな笑みを添え、侑希美さんは潤子さんを一瞥した。それからまた打者を見、音もなくそちらへ歩いていった。野球部部長の接近に気が付くと、打者のソフト部一年生はバットを下ろし、つばを摑んでひょいと赤いキャップを脱いだ。

「おはようございます!」彼女がそう挨拶すると、午後四時を過ぎてはいたが、ほかの選手たちも帽子を取って一斉に続いた。「おはようございます!」

お疲れ、と返す侑希美さんの幼げな声が小さく聞こえた。白いブラウスに紺のフレアスカートという格好の侑希美さんは、そのとき、野球場の中で誰より不自然な姿をしていた。

それまでとはまた別の緊張に包まれたソフト部員たちのほうへ、潤子さんと杏菜さんはゆっくりと戻っていった。二人に続きながら、私はソフト部員たち一人一人の顔を盗み見た。よく日焼けした精悍な顔立ちが揃っていたが、打者の彼女はひときわ凜々しく、もっとそばに寄ればあるいは髭の青みさえ見えるかもしれないと期待させる容貌だった。

「野球体験に来てくれたんだって?」侑希美さんは少し甘ったるい口ぶりで尋ねた。

打者の彼女は慣れた手つきで帽子をかぶりなおし、鋭く頷いた。高校での打順と守備位置を尋ねられると、「五番、ショートです」と答え、「野球部の部長はとても素晴らしい人だって、遥さんに聞きました」と切れのいい声で続けた。「前例のないことに挑戦しようとしてる、英雄のような人で、私たちみんなのリーダーだって」

侑希美さんは喉の奥で笑った。「遥がそうじゃないのが残念よね」

控えめな笑い声が、そよ風のようにグラウンド上を流れた。侑希美さんの声を聞き取ることのできた内野手たちは新リーダーの勝ち気さをどうやら気に入ったようだったが、五番ショートは付き合い程度にほほ笑んだだけで、いいえ、とすぐに否定した。そして仲間をたしなめる口ぶりで言った。「私たちは遥さんを尊敬してます」

その言葉とひと続きのように、侑希美さんは滑らかに頷いた。「遥は優しいでしょう」

「はい、とても仲間思いの人です」

「そうね。選手一人一人に気を配れるし、誰かが調子を崩していたら、すぐに気付いて休ませるし。ね、そうでしょう」

侑希美さんはもう一歩相手に迫った。「知ってるのよ。「多いほどいい」があいつのモットーで、「無理しないで」があいつの口癖。ねえ、今日はそう言われなかったの？ここに来る前、そのユニフォームに着替えるために向こうの部室に寄ったんでしょ。そこで遥に会わなかった？ 無理しないで、今日はゆっくり休んでてって、あいつにそう言われなかったの？」

　五番ショートはわずかに背を反らせた。自分に後ずさりを禁じているようだった。彼女は顔を動かさずにちらりと潤子さんを見、またすぐに侑希美さんに目を戻した。

「いえ……」

「だけど具合が悪そうに見える」そう言うと、侑希美さんは決心の感じられる勢いで相手の手を握った。「顔色が良くないし、なんだかだるそう。今日はそういう日なんでしょう？」

「大丈夫です」狼狽を隠すことはもはやできなくなっていたが、それでもしっかりとした声で彼女は答えた。「ありがとうございます。でも平気なんです、あの、私、薬を飲んでるんで」

「でしょうね。でもその不調、甘く見ないほうがいいと思う」侑希美さんは相手の手を引き、部室のほうへ歩き始めた。「来て。楽になる方法を教えてあげる」

　侑希美、と潤子さんが歩み出た。しかし、何が起きるにせよそれと対峙しようと腹を決めたらしい遊撃手が自ら、目で制した。彼女が少なからず状況を楽しんでいるのが私にはわかった。部長に真っ先に目をつけられ、しごきの対象に選ばれたのを誇っているのが。

侑希美さんは一度振り返り、潤子さんに幼女の笑みを向けた。それを無理矢理に吉兆と見たのか、後輩の意思を尊重したのか、潤子さんは踏みとどまった。手を繋いだ二人はやがて暗い部室へと消えた。

水を打ったような静けさとともに、突如、野球場に殺気が満ちた。私はその場にいる全員に本能的な警戒心を抱き、それからようやく、何が起きているかを理解した。赤いアンダーシャツの面々にとって、仲間の一人が連れ去られた今の状態は野球部と友好関係を築くという判断を一時保留することを意味していた。というより、彼女たちはすでに半ば臨戦態勢に入っており、部長の腹心に見えるのであろう私を、仲間の遊撃手と引き替えに取った人質のつもりで見ているのだった。

私は静かに逆上し始めた。八方からの敵意に縛られ、身動きができなくなったぶんだけ速く、激しく昂《たか》ぶりは募り、バットを拾って一人一人の頭を割っていくというごく単純な欲求が身中を巡り始めた。しかし私がそのときもっとも怒りを感じたのはソフト部連に対してではなく、杏菜さんと潤子さんに対してだった。侑希美さんと遊撃手が姿を消したことで一時的に立場の曖昧になった二人が、私にも、ソフト部連にも文字通り顔向けできずにうつむいているさまは、恐ろしく卑怯でおぞましく見えた。彼女たちはしかも、野球場の土を踏んでいた。それを思うと、その存在の汚らわしさは許しがたいほどに感じられた。

杏菜さんと潤子さんはふと視線を交わし、部室のほうを見た。事態が再び動き出し、自分たちの存在意義が確定される瞬間を心待ちにしている様子だった。さらに、二人はおそらく遊撃手が暗く青ざめた顔で出てくることを期待していた――いじめられた後輩を庇い、いじめた元仲間を糾弾することで自分の立場を明らかにできることを。

私は二人からそらした目を地面のバットに向け、彼女たちを英雄にするための役を自ら買って出ようかと考えたが、そうするまでもなかった。部室から悲鳴が上がり、そのときが来た。

悲鳴は一度でおさまらなかった。二度、三度と上がり、その切迫した響きに誰もが咄嗟《とっさ》に思惑を捨てて動き出した。野球場全体に広がっていたソフト部員たちはまるで攻守交代のように一斉に一塁側へと引き上げ、杏菜さんも当然部室へと駆けたが、ボールケースにつまずいた潤子さんだけは出遅れた。大量の白球とともに勢いよく地面に倒れ込んだ彼女は、大きく見開いた目で私を見上げた。その目に浮いていたのは驚愕ではなく恐怖だった。ボールケースを蹴り出した私の足を見たのだ。

立ち上がった潤子さんと私はつかの間見つめ合ったが、ガラスの割れる音が響き、意識は再び部室へと飛んだ。目に見えたのは鍵のかかったドアを相手に格闘しているソフト部員の姿だけだったが、裏に回った誰かが窓を割ったようだった。ほどなくして、杏菜さんに体を支えられた遊撃手が姿を現した。足取りはしっかりしていたが、少し前の潤子さんと同じく目は恐怖に見開かれ、ユニフォームの白い布地は一部血に染まっていた。ガラスによる出血には見えなかった。歩きながらズボンを引き上げ、どうにかベルトを締め直そうとしている遊撃手の震える手を私は見た。

ソフト部員たちが彼女のもとへ集まり、具合や事情を尋ね始めたとき、部室のドアが内側から開いた。侑希美さんのブラウスは真っ白でシミ一つ見えなかったが、ドアを押さえた右手の先はやはり血で濡れていた。しかし、ドア付近にいたソフト部員たちが叫びながら飛び退いたのは、おそらく侑希美さんの形相のためだった。頬の白さは死者を思わせ、何も映していない目は夏を退けるように凍りついていた。ドアを開けたきり動かず、まるで立ったまま絶命したかのようだったが、突然、肺を震わせ、怒号の風音を轟《とどろ》かせた。「帰れ！」

女たちは一斉に逃げ出した。悲鳴を上げ、グラブを捨て、銃声に追われる獣のように駆けた。誰もが必死で、めいめいに散ったが、向かう場所は同じだった――あっという間に、彼女たちは大きな一つの流れになった。草をまるで刈るようにかき分ける足音も、熱くはずむ呼吸も一つに縒《よ》られた、それは赤く雄大な川だった。ついさっきまで涙さえ流していた遊撃手が安堵の顔で振り返り、蔑むような笑みを浮かべたのを目にしたとき、私は、その川に流されている自分に気が付いた。

　というより私自身、川のひと筋を担っていたのだった。誰よりも速く、軽く駆け、遊撃手を抜き、右翼手を抜き、杏菜さんを追い抜こうとしていた。かつてないほど健やかにはずむ体の、その躍動に恍惚としながら、風の女たち、という侑希美さんの言葉を思い出していた——赤城山から吹き下ろされる空っ風に、子供の頃からさらされてきた女たち。十三のときに一度、まさにその空っ風に吹き飛ばされたことがあったが、あれは福音だったのだと私はさらに記憶を辿った。冬、利根川沿いを自転車で帰ったときのことだった。仲間はみんな踏ん張ったのに、私だけが土手の下まで転がり落ちた。あのとき勝敗はついていたのだ。私だけが風に吹かれた。私だけが清めを受けた。この醜い女の群れから、汚れた血の流れから、私だけがきっと生還できるだろう。

　先頭に立ったところで、私は走るのをやめた。たちまち抜き返していくみんなの背中を、肩で息をしながら見送った。まるで誕生シーンの再演だった。母親の敗北と血の流れから生まれ出る女の子たち。母の手から逃れるために駆け出して、結局また母の手の中に行き着く女の子たち——家に帰るために家を出た女の子たち。

いつしか姿を現していたソフトボール場のネットフェンスが、銀色にきらめきながら空を縛り付けていた。彼女たちはたちまちそちらへと流れ去り、草むらの中に、今度は私だけが踏みとどまった。

不意に訪れた静寂の中、しばらく立ち尽くしていた。そうして、胸が驚いたように高鳴っているのをただ聞いていた。久しぶりに一人きりになった気がした。

鼓動に、やがて足音が重なり、振り返ると潤子さんの姿が見えた。左足を少し引きずるようにして、ゆっくりとこちらに向かってくる。さっきの転倒で挫いたのだとわかり、私は彼女の進路から一歩外れた。肩を貸す権利がないのならせめて道を譲り、一言二言罵られておいたほうがいい。そう考え、待った。

目の前まで来ると、しかし潤子さんは自ら私の肩に手を回した。有無を言わさぬその力強さに驚き、二歩ばかり、私は彼女の杖になって歩いた。それからそっと足を踏ん張り、回された腕を外したが、潤子さんは怒りもあきれもしなかった。なおも力強く私の右手首を摑み、こう言った。「行こう」

反射的に首を横に振ると、「何を「病気」と呼んでるのか、あんたにもわかったでしょう」と潤子さんは囁いた。「要するに、そんなものはないのよ。病気も病人も存在しない。侑希美はありもしないものを拒んで、ありもしないものを求めてるの、ずっと」

「ありもしないとなぜわかるんですか」考える前に言葉が出た。「あなたが見たことのないものは、存在しないものですか」

「それじゃあ私が病気だとして、あんたはそうじゃないっていうの？　侑希美も？　そんなわけない。十歳の子供じゃないんだから。私たちはみんな病気で、みんな健康。ねえ、洗脳されたふりはもうやめて。見たことのないものは存在しない、それをおかしいと思えるあんたが、実際にあるものをないと言い張るおかしさに気付けないわけがない」痛む足に体重をかけたのか、潤子さんは顔を歪め、その苦痛の表情のまま続けた。「行こう、梓。離れればわかる。侑希美はただの野球馬鹿よ。男になりたくてなりたくて頭が変になった女、それだけなの」

「侑希美さんは男になりたがってなんかいません」私はきっぱりと返した。「侑希美さんがなりたがってるのは野球選手です。あの人は野球がしたいだけです、それだけです」

「私だってそうよ。杏菜だって。あいつ次第でできたわ」潤子さんは声を荒げた。「結局あいつは野球のことをなんにもわかっちゃいない。チームあっての野球だってこと、チームにとって選手は財産で、命そのものだってこと。その貴重な部員を、遥がどうして分けてくれたと思うの。入ったばかりの、未来だらけの一年生をあんなにたくさん。侑希美が勝つところを見たかったからよ。侑希美がゼロから野球部を作って、最初の一勝をあげるところを見たかったから。みんなあいつを応援してたのよ、あいつ自身を除いて全員」

「侑希美さんは野球がしたいんです」私は繰り返した。「あなたたち女の期待に応えるためじゃなく、野球をするために野球場を手に入れて、野球をするために健康な選手を集めようとしたんです。侑希美さんや私が病気を持っていないわけがないって、しつこいようですけど、どうしてそう言い切れますか。さっきショートの子が流していたような血を、私が流すのをいつ見ました？　そっちこそ矛盾ですよ。侑希美さんの先進的な衝動に期待をかけたくせに、体だけは古いままでいさせようとするなんて。健全な精神は健全な身体に宿る、それじゃあ、先進的な精神はどこに宿ると思いますか。チーム、連帯、そういう安全な概念に逃げ込んで、革命は結局たった一人の変わり者にまかせようとする精神は？　新しいことが始まってるんですよ、先輩。新しい考えを追って、新しい体が生まれ始めてる。いずれ理屈がその体を追い始めるでしょうけど、それはずっとあとのことです。今はただ前へ進むしかない」

潤子さんは痺れを切らしたように私から目をそらし、手を離した。私は彼女の汗で湿った手首を振って乾かしながら、再び足を引きずって歩き出した潤子さんの背中を眺めた。

「潤子さんも侑希美さんのノックを受ければよかったんです」小さくなっていくその背中に、私は大きく声をかけた。「そうすれば生まれ直せたはずですよ」

潤子さんは応えなかった。後輩たちのつけていった帰路を、ただ黙々と辿った。

彼女の姿が見えなくなる前に振り返り、私もまた帰路を辿った。伸び放題に伸びた青草の向こうに、野球場が遠く、小さく、逃げ水のように揺らめいていた。

そのとき、不意に激しい目眩《めまい》に襲われた。五月の陽射し、不快な会話、野球場の揺らぎ――私は自分を疲れさせた可能性のあるものを脳内に並べたが、すぐにそれらすべてを捨てて駆け出した。野球場に向け、全速力で逃げた。女たちに追われなくても、きっと病に追われていた。宿主の意思にかかわらず、それはいつまでも私を追い続けるはずだった。

帰り着いた先に侑希美さんの姿はなかった。そこにはただ、踏みにじられた野球場がぽっかりと取り残されているばかりだった。私はベンチの横に立ち尽くし、その更地を眺めた。黒みがかったこの寂しさを、生涯忘れないだろうと思った。

やがて風と静寂が、小さな物音を運んできた。そっと開かれた部室のドアから、グラウンド整備用のレーキを持った侑希美さんが現れ、すぐに私の姿を認めた。歩み寄っていくと、笑みを浮かべ、最後は抱き止めてくれた。手に血の跡はなかった。ただ白く、冷たく、清潔な香りがした。

噂は、翌日から構内全域に広まった。遊撃手本人がどう話したのかは知らないが、私の耳には二通りの話が入ってきた。バーナーで膣口を焼こうとしたというのが一つ。そうではなく、そこに手を入れ、子宮を引きずり下ろそうとしたというのがもう一つ。
「よくそんな怖いことを思い付くわね」何気ない調子で、しかし内心では思い切ってその話題を出すと、侑希美さんはそう言って笑った。「私はただ、あの血を見せてあげただけよ。自分の体の不備について、あの子、よくわかっていないようだったから」

自分の体の不備について思い知ることになったのは、しかし彼女のほうも同じだった。その一件以来侑希美さんは、野球場までは来るもののただベンチに座っていることが増え、ようやく動き出しても軽くキャッチボールをする程度になった。ぼんやりしていると思ったら苛立ち始め、私に走り込みを命じて自分はベンチで眠ったりもした。もう新しい部員を探そうとはせず、野球場の外、田植えが済んで草原のように広がった田園の、そのさらに果てを望むばかりだった。

私は侑希美さんの身に何が起きているかわかっていたが、そればかりは口には出せなかった。何が原因だったろうということを、一人でただ考え続けた。遊撃手の血に触れたこと。投手を求めすぎたこと。あるいは――

もっとも現実味の薄い、その最後の可能性を最終的には採用した。つまり、侑希美さんは私が原因で病に冒されたのだと思うことにしたのだ。ソフト部員たちのもとから生還した私を抱き止めたあの瞬間、彼女は私という人間を理解し、理解されることで生きたいと願った。そう思えば、野球から離れていく彼女を見てもつらくなかった。身重の妻を見守る夫のつもりになれば、ベンチから動こうとしない彼女を見ても、感じるのはやりきれなさより愛おしさだった。

ある午後、私たちは再び市民運動場へ出かけた。侑希美さんはやはり念入りに身支度を調えたが、顔のむくみと肌のくすみは、つば広の帽子でも完全には隠せなかった。それでもそのつばの陰から、重要な合図を送るように三波投手に視線を注いだ。

ハスオカ野球部の陣取った野球場は、相変わらずの正しさをたたえて私たちの目の前に広がっていた。私はそれを眺めながら、自分たちのあの、大学の敷地に含まれているかもよくわからない野球場が、かつて一度でも実際に存在したことがあっただろうかと考えた。野球場として生まれるチャンスはあった——少なくとも一度は。しかし、私たちの正しさによって阻まれた。ハスオカ野球部の正しさとも、ソフトボール部の正しさとも違う、私たちの正しさによって。ならばそれは祝福すべき、誕生と同じ意味の中絶ではないだろうか。

「出血はまだなの」

侑希美さんがふと呟いた。私はちらりと彼女を見、それからすぐ、ランナーに気を取られたふりをして目をそらした。

「でも始まってる。だいたい八日間苦しむのよ。血が出る前の三日間、血が出るあいだの五日間。血はずっしりと重くて、赤よりも黒に近い。それでたまに、内臓のかけらみたいな赤黒い塊が交じる。臭いは腐った魚みたいで、痛みは、その血がひととおり出切るまで続く。そして血と痛みが明けてから二十日後、また同じ苦しみが始まる——」

気付くと私は息を止めていた。この話こそが障りのようだった。

「二十八日のうち八日も苦しむ。それがこの先、何十年と続く」独り言のように囁かれた声が震え、あらためて見ると、涙が頰を伝っていた。「それがなぜ「健康」と呼ばれるんだろう。こんなにもひどいことが。ねえ、梓、私はなぜこんな目に遭ってるんだと思う？　これはいったい何のため？　私の人生にどう関係がある？　私は野球がしたいだけよ！」

目の前の健やかなフィールドからは次々と野太いかけ声が上がり、彼女の願いは、私の胸と鼓膜を震わせただけで消えた。赤く獣じみた目で、侑希美さんは野球場かあるいはその奥に見える何かを睨みつけていたが、ふと脱力すると、鞄から白いハンカチを取り出した。そして、とんとんと頬骨を叩きながら、「梓。明日からもう、練習に来なくていいわ」と言った。「あんたはタフだし、賢いし、せっかく健康なんだから。もう私から離れて、ほかのことを始めたほうがいい。もっと何か、新しいことを」

私は彼女のハンカチを見つめながら、何か新しいこと、と胸中で呟いた。

「あの日、生協の前で勧誘されるまでは、そんなふうに考えてました。スポーツはもうやめて、何か新しいことを始めてみようって。上下関係とかチームプレーとか、正直、子供っぽい気がしたんですよね……」そこで笑いかけると、ほほ笑みが返ってきた。久しぶりの笑顔だった。

「進歩がないかなと思って。スポーツの世界は私には慣れ親しんだ場所だから、そろそろ、一人だけで何かやってみるべきなのかもって。でも今は、そんなふうには感じてません。そのかわり感じてるのは、孤独になることのほうが、むしろ退行なのかもってこと。だって私たち、チームを知る前、みんな一人だったでしょ――」

侑希美さんはまたこちらに横顔を向け、軽く唇を噛んだ。私は本音を隠すのに全力を注ぐ少女のようなその横顔に、あるはずのない母親の目を向けた。

「子供の頃、私、小学校から帰るとすぐに家の裏の小さな林にこもってたんです。そこでずっと、穴を掘ってた。学校で化石の話を聞いたので、自分でも探してみようと思って、毎日、毎日、母親が迎えに来るまで延々地面を掘り続けたんです。一人の時間、というと私は必ずそのことを思い出すんですけど――とても静かだったことや、終わらない旅みたいだと思ったこと、寂しいくらい自由だったこと――でも私が当時も今もその時間を愛せるのは、自由だったからというより、素晴らしいと思えるものを探していたからだと思うんです。今にアンモナイトの渦巻き模様が現れる、そう信じて進めることが幸せだった。たぶん私は、そのときから、自分以外の誰かを求めていたんだと思います。自由と引き替えに、違う世界を見せてくれる誰か。友だちとか、チームとか、ピッチャーとか……」

侑希美さんは静かに噴き出した。拳で私の肩を叩き、苦笑いを浮かべ、それでも結局視線は三波のもとへ帰った。「私はあんたのアンモナイトじゃない」

「それはそうです」私は少しむっとして返した。「アンモナイトはいつだって、ただのアンモナイトです。それを私のだと決めるのは私です。最初から決まってるんじゃない、私のエゴで決まるんです。侑希美さんが私のアンモナイトかどうか、侑希美さんが知るわけないですよ」

するとと侑希美さんは声をたてて笑った。侑希美さんのアンモナイトはあの人でしょ、アンモナイトっていうか、あのマテ貝みたいな奴、と三波をあごで示すとさらに笑った。フレアスカートの淡いグレーに覆われた膝を胸元に引き寄せ、転がるように笑った。

「本当の化石だったらよかった」目頭に親指の付け根を押し当て、侑希美さんは言った。「血の巡りも、言葉もない、骨と記憶だけの生き物ならよかった。それでもきれいだと思ってもらえて、小さな女の子に探してもらえるものならよかった」

声は言葉ほど重くなかった。再び現れた横顔もさっぱりしていた。

「その女の子も、じきそう思うようになるかもしれませんね」と私も軽く応えた。「みんなそう思うようになるのかも。それで実際、一人、また一人と化石になって、だんだん、探す側のほうが少なくなっていく。きのうまで土を掘っていた子が、今日は土の中にいる。それで、そんなふうにして、土の上の人類は滅亡に向かう」

「うん。きっとね」侑希美さんは幸せそうに頷いた。「その頃には、きっと誰もが人類最後の一人になった気持ちで生きているでしょうね。できる限りまっすぐに、人間の誇りを傷付けないように。それで、本当の本当に最後の一人になった子は――私たちみんなの娘はきっと、地球上のどんな生き物より強くて、健やかで、その子がきれいな渦巻き模様でいっぱいの土の上で生き抜いたとき、人類は完全に消え去るのね。とても豊かな、かつてないほど豊かなフィールドの上で」

自分の言葉に力を得たように立ち上がると、侑希美さんは野球場に背を向けて歩き出した。来ないで、とあとを追う私のことは振り向きもせずはねつけたが、背を向けたばかりの野球へは、むしろ思いを募らせていくようだった。バットが硬球を打つときにしか鳴らない音、投手の球が捕手のミットにおさまるときにしか響かない音に、彼女は震えた。毅然と歩こうという意思は窺えたが、足は応えず、病にではなくその生真面目な未練によって今にも崩れそうだった。私は侑希美さんの腕を取り、運動場の正門付近のベンチまで一緒に歩いた。彼女には拒む力もなかった。今、自分が何を捨てたのか、本当にそれを捨てたのか、わからないようだった。

しばらくのあいだ、身動き一つせず侑希美さんは座っていた。近くの自販機でお茶を買って差し出したが、受け取らなかった。骨になるというただ一つの望みを頼りに、永遠の不動に身を沈めたようだった。

翳《かげ》る日と、その日の連れてきた夕闇が、冷たく硬化していく彼女にそっと寄り添い始めた。正門から伸びるアプローチを、少し前までツツジの生け垣が眩しいピンクで縁取っていたが、その色ももう夜に備えていた。押し黙り、影を受け入れ、淡く残った最後の色を恥じるように振り捨てていた。

私は黙りこくってその様子を眺めていた。自分が本当に侑希美さんのそばにいたいのかわからなかったが、立ち去る勇気もなかった。日が落ちきり、闇に包まれ、自分と彼女を分かつ肌色の境界が黒く塗りつぶされるときを、なぜだか待つ気になっていた。

アプローチの先、幅広の階段の上に建つ体育館のほうから、そのとき、パッと輝く声が響いた。見ると、体育館から一人、二人と赤いアンダーシャツの選手が出てきて、暮れかけた空の下に元気よく散り始めているのだった。彼女たちはまたたく間に、笑い声と赤色とで広い階段を埋めつくした。

私はわざと焦点を曖昧にし、赤いアンダーシャツを着た杏菜さんと潤子さんを見つけることのないよう注意したが、ソフト部員たちはそんな私のナイーブさを嘲笑うかのようにあけっぴろげに、賑やかにお喋りをしながら、野球場の隣にあるソフトボール場へと消えていった。まるで流星群だった。赤い星々による、願い事をする時間をたっぷりくれる、おせっかいな。

その群れから、ひときわ大きな星が一つ、こぼれ落ちた。一人だけ黄色いウインドブレーカーを羽織った、体の大きな選手だった。階段の中腹で立ち止まり、黙って仲間を見送ったあと、彼女はこちらに向かって歩いてきた。その大らかな歩みは、化石掘りに熱中する私を迎えにきた母の足取りによく似ていた。

遥さん——私は胸中で囁き、初めて大学のソフトボール場の横を通ったとき、どんな球も自由自在に繰り出していたノッカーはこの人だろうと考えた。丸い体を明るい黄色で包んでいるので、流星よりは月に似ていた。品のある輝きとはいえなかったが、輝いているのは確かだった。

侑希美さんはまばたきもせず彼女を見つめていた。その眼差しも、まっすぐ見返す遥さんの目も、どちらも静かで柔らかかった。

侑希美さんの数歩前で立ち止まると、ウインドブレーカーのポケットに突っ込んだままの手をちょっと球場のほうへ動かし、「来る?」と遥さんは軽く誘った。「ナイトゲーム。OGも絡めた、半分遊びの紅白戦だけど、参加するなら色々組み直すよ。

「多いほどいい」がモットーなの」

最後の言葉は私に向けられたようだった。遥さんは小さなピアスホールの空いた左耳を少し揺らしてほほ笑み、「打順は？」と私に尋ねた。「高校ではどこ守ってた？」

私は縮こまって目を伏せ、横目で侑希美さんを見た。彼女ももう遥さんを見てはいなかった。目はそちらを向いていたが、その視線は遥さんの黄色い体を透過し、灰色にくすんだ夜をさまよい始めていた。

　私は再び遥さんを見上げた。彼女のほうはしっかりと、太い視線で侑希美さんを見ていた。部室での一件のことも知っているはずだったが、その目には蔑みも、憐れみもなかった。あるのは慈しみと、いくらかの羨望、そして溢れるほどの敬意だった。私は侑希美さんが白髪の淑女に示したあの降伏に近い敬いを思い出したが、ふっと短く息を吐くと、遥さんは背筋を伸ばし、胸を張った。大地に深く根を下ろす、捕手の立ち姿だった。

「どうしてそんなに深刻な顔をしてるの？」声も深く、あたたかかった。「あんたがしくじったのは知ってるけど。でも、それならその方法をやめればいいだけじゃない？　で、別の方法を試せばいいだけのことじゃないの？」

侑希美さんは再び相手に視点を定めた。乾ききった唇が、白い皮を棘のように突き立てていた。

「一緒にやろうよ、侑希美。なんてことないよ。だってあんた、ちょっと思い違いをしてるだけなんだから」軽やかな笑顔で遥さんは言った。「大切なのはベストコンディションを保ち続けることじゃない。そうじゃなくて、どんなに頑張っても必ず起きる体の不調と、うまく付き合っていくことよ。それがスポーツ選手の仕事。打てないときがあってもいいの。あんたが打てないときは、私が打つから」

遥さんは一歩前へ進み出ると、うつむいた侑希美さんをからかうように、スパイクの先で彼女のミュールの先を小突いた。「そのかわり私が打てないときは、あんたがかっ飛ばしてよね」

夕空を映したフレアスカートに、月色の光をはらんだ涙がこぼれ落ちた。侑希美さんは声を漏らさず、しかしとめどなく涙を流し、出会ったときから常にどこかおぼろだった彼女の影がそのとき、初めて確かな輪郭をもって私の視界に刻み込まれた。ひょっとすると骨格も、皮下組織も、血流もそこで初めて得たかもしれない彼女の、その真新しい肉体からまるで泉のように湧き出でる熱と光を感じながら、決して溶け合うことはないのだと私は悟った。やがて夜が更け、闇に覆い尽くされても、身内から湧き出すこの月光によって彼女の境界は照らし出される。私とも、闇とも溶け合わず浮上し、自立する。この確かさではそれしかない。

侑希美さんは再び立ち上がった。その顔には野球場に背を向けたときより深い諦念が浮かんでいたが、涙が光をまぶしたせいで、不当なほど晴れがましく見えた。そしてその後に続いた言葉は、選手宣誓と同じ純度で私の胸に響いた。「私のフィールドでは、私の打席で打っていいのは私だけなの。私だけが打てるのよ」

細く、白い指で侑希美さんは涙を散らし、「でも、ありがとう」とすぐに継いだ。

「あなたのすべての戦いが、実り多きものになるよう祈るわ」

その場を去る前にもう一度、ありがとう、と彼女は言った。それから不意に、けれど自然に私の頬に触れた。私はもうあとを追わなかった。頬に残った冷たさを、ただ感じていた。

知らぬ間に閉じていた目を開け、顔を上げると、遥さんと目が合った。案じるような眼差しだった。もうずっと前から、彼女はそうして私を見つめていたようだった。

ナイター用の照明が、強すぎるほどの輝きで東の夜空を照らしていた。侑希美さんの姿はもうなかった。最初から二人きりだったかのように、遥さんは私を見つめていた。

本書は、二〇一八年七月、小社より刊行された。

解説——黒のクロノロジーと赤のコスモロジー

仲俣暁生

利根川流域の奥、月夜野の地にある古い家に、ツアーを終えたブルーグラスバンドの男たちが年に一度戻ってくる。そのバンド「百弦」のリーダーで還暦を少し過ぎた、玄という男の死から「無限の玄」という物語は始まる。

「百弦」のメンバーは五人。玄がギター、その弟・喬がベース、弦の次男・桂と喬の息子・千尋はバンジョーで、桂の兄・律がフィドル担当である。だが親族ばかりで構成されるこのバンドには、ブルーグラスの花形で「心臓」ともいうべき、フラット・マンドリンの奏者がなぜか欠けている。そしていま、ギターを弾く者も失せたのだった。

だが玄はすぐに戻ってくる。親族のなかで誰よりも、この家を憎んでいたはずにもかかわらず、二週間にわたり毎日、その夜のうちに死ぬために……。

「無限の玄」は「百弦」というバンドの成り立ちから、その終焉を告げるはずのある事件までの顚末が、玄の次男・桂の視点によって語られる、きわめて技巧的に構成された作品だ。なにより、この小説には女が一人も登場しない。その理由は本作が、川上未映子の責任編集による「早稲田文学」増刊女性号（二〇一七年）の依頼に応じて書かれたものだからだ。女性の書き手ばかりを集めた特集号であればこそ、そこに書かれる小説は、男性だけで演じられる物語でなければならない——そのような倫理的判断からこの作品が生まれたことは、この文庫版で初めて読む読者に対しても示しておくのが公正であろう。

郷愁を駆り立てることが唯一の務めであるような、ブルーグラスというやや特異な音楽は、男たちだけで演じられるホモソーシャルな世界をたくみに象徴している。そこでは女たちが排除されているのみならず、女たちによってもその世界が排除されている——そのような黒々とした夜の深い闇が、端正かつエモーショナルな文体で描かれる。

玄はブルーグラスという観念の権化だが、彼はそれを「国内のブルーグラス界では名のあるフラットマンドリン奏者だった」父の環から受け継いだ。時の呪いにとりつかれ、自分が死んでいるのかどうかもわからず、何度もこの世に戻ってきてしまう玄を、桂と千尋はそれぞれのやりかたで葬ろう——つまり、その無限のループから解き放とう——とするのだが、この家の男たちにかけられた時の呪いは、たやすくは解けないであろうことが、最後に示唆される。

何度も甦る玄の姿や、それをなんら異常と思わず受け止める（だからこそ、あらためて玄を殺そうともするのだが）この一族の振る舞いを、うっかりマジックリアリズムなどと表現したくもなるが、はたしてそうだろうか。この物語を駆動させているのはマジカルな想像力というよりも、小説家としての怜悧な知性だと私は思う。

この男たちの物語について、同作が三島由紀夫賞を受賞した際に、古谷田奈月は次のように述べている。

外から見ると理解しがたい、閉鎖的で野蛮で不条理な社会形態も、内部の人々にとっては心地よい場所かもしれない。宝と呼べるような何かをその中で守っているのかもしれなくて、そうだとしたら、たとえそれがどんなにおぞましいものだとしてもひとまず尊重するべきではないか。

その上で、「それには勇気が必要だと思いますが」と続け、古谷田はこの発言を「その勇気は平等思想を持つ者に求められるものの一つだと私は考えています」と結んだ。

私が古谷田の作品から感じるのは、この勇気である。社会に存在する「おぞましいもの」は、なにも家父長制だけではない。権威主義国家、カルト宗教、その他のさまざまなイデオロギーにも「おぞましさ」はある。それらを「ひとまず尊重」する態度とは、それが小説家の口から発せられた以上、決して価値相対主義ではない。その「おぞましさ」から目をそらさず、その論理のもとで生きる人間を私は描ききってみせる、という言明なのだ。

こうした「無限の玄」の構造をふまえて読むとき、おなじく「早稲田文学」（二〇一八年初夏号）に発表され、同年の芥川龍之介賞の候補にもなった併録作「風下の朱」も、きわめて周到に書かれた作品であることがわかるはずだ。

この小説の語り手は、明水大学野球部に「一番、セカンド」として加入したばかりの梓という名の女子大生だ。「二番サード」の杏菜、「三番ファースト」の潤子、そして「四番キャッチャー」の侑希美。梓を加えてもたった四人で構成されるこの野球部も、フラットマンドリンの奏者がいない「百弦」と同様、主要なメンバー――なにより投手――を欠いている。

主将の侑希美は、野球部は「健康」なメンバーだけで構成されるべきだ、という特異な観念にとりつかれている。侑希美に見込まれ、次第にその奇矯な観念の虜になっていく梓は、彼女の考える「健康さ」のなかにいると見込まれたのだった。

この小説にいっさい男が登場しないのは、「無限の玄」におけるルールが裏返しのかたちで適用されている以上、当然のことだ。だが、この二つの作品は構造上の同一性だけでなく、きわだった対照性も備えている。タイトルに「無限」という言葉を含む前者では、行き場を失ったままの時間的な反復、つまりクロノロジーが主題化されているのに対し、「風下」という言葉を含む後者では空間性、つまりコスモロジーが主題化されている。

「無限の玄」では、女性の生理周期を模すように、毎日決まった時間に男性である玄が死と再生を繰り返す。ただし、玄が生きて存在できるのは、あれほどまでに玄自身が嫌っていた、月夜野にある宮嶋一族の家のなかだけだ。玄は空間的に閉じ込められつつ、「無限の生」を生きなければならない運命にある。

他方、「風下の朱」の侑希美は、女にとって所与の制約であるクロノロジー＝生殖サイクルから、意識的に離脱を図ろうとする（そもそも彼女は大学生になっても初潮が訪れていない、幼さを残した女性として描かれている）。野球部に加入しようとしたソフトボール部の一年生部員の一人に対し、侑希美がおこなったと噂されるある行為は、玄の物語のエピローグに描かれる場面と同じくらいグロテスクな想像を誘う。けれども侑希美や梓は、少なくとも空間的には自由な広がりのなかにいる。父から息子へ、母から娘へという親子間の呪いをかけられている点で両者はそっくりだが、彼女たちには、より広い世界が与えられているのだ。

「風下の朱」は、月夜野から利根川を下った両毛線の沿線地域（前橋、高崎、伊勢崎あたり）を舞台とした物語だが、題名の「風下」には二つの含意がある。一つは侑希美にとっての仮想敵、明水大学ソフトボール部が象徴する「不健康さ」の風下には決して立たない、という彼女から見た「野球」と「ソフトボール」の相対位置である。だが同時に、この両者をともに包み込む「赤城山から吹き下ろす空っ風」がある。この強い風が吹き付ける、広大な青い草地を想像すべきだ。

「夏の光を映しながら誘うように」果てしなく青草が広がっているその場所こそ、梓が、そして侑希美が大切にする「フィールド」である。そしてそこは、「無限の玄」の桂が「子供の頃、押し入れのなかで夢想したあの草地」とも相同の場所である。そういえば「無限の玄」にも、月夜野の闇から語り手の桂が脱するための密かな逃走線が書き込まれている。「本田」という刑事は月夜野の家に外部から吹き込む唯一の風だが、そんな本田に心惹かれる桂は、いずれこの場所から自由になるだろう。

『無限の玄／風下の朱』という一対の作品は、古谷田奈月にとって大きなスプリングボードとなった。それぞれの主題、つまりクロノロジーとコスモロジーは、その後の作品でいっそう明確に描かれる。

月夜野の宮嶋家によって象徴されていた家父長制を日本国家の規模まで広げると、天皇家という特異な「家族」に行き着く。新元号が発表される直前に刊行された『文藝』のリニューアル号（二〇一九年夏季号）で「天皇・平成・文学」という特集が組まれた際、古谷田奈月は、『神前酔狂宴』という長編作品によってこれに応じた（のちに河出書房新社より単行本化）。

「もとは人だが、今は神で、都心の喧騒の及ばない暗がりにそれぞれ祀られている」二人の軍人。彼らは神につらなる一族のために戦い、自らも神となった。だがその一族は、空間的に閉鎖されたなかで、生と死をクロノロジカルに反復することしかできない。神となった軍人を祀る社は、いまや男女一対の「神」により「家族」という神話が日々創世される結婚式場の勧進元だ。こうした舞台設定で、ある女性が切に望んだ「お一人様婚」の実現に奔走する式場アルバイトの戦いが描かれる『神前酔狂宴』は、あきらかに「無限の玄」の延長線上にある。

二〇二二年には「すばる」誌上（六月号〜八月号）で長編『フィールダー』が短期集中連載された（同年八月に集英社より単行本化）。この小説で描かれる「フィールド」は、スマートフォンでプレイされる『リンドグランド』という対戦型ゲームの戦場だ。主人公の橘はこのゲームの「迎撃団」（メンバーはそれぞれアタッカー、タンク、バッファー、ヒーラーという役割をもつ）に加わり、ゲームデザイナーという「神」が設定した世界で、力を合わせてドラゴンの襲来と戦う。「迎撃団」にとっての戦場《フィールド》はオンラインのヴァーチャル空間だが、そこにも「風下の朱」のフィールドと同様、自由への風は吹いている。

どのような奇矯と思える場所にも、「青々とした草原」のような場所は存在しうる。そこにもし、人の心を突き動かす風が吹いているならば。古谷田奈月にとって物語が、小説が、そのような「フィールド」であることは言うまでもないだろう。

（なかまた・あきお　文芸評論家）

おまじない　西加奈子

さまざまな人生の転機に思い悩む女性たちに、そっと寄り添ってくれる、珠玉の短編集、いよいよ文庫化！　巻末に長濱ねると著者の特別対談を収録。

通天閣　西加奈子

このしょーもない世の中に、救いようのない人生に、ちょっぴり暖かい灯を点す驚きと感動の物語。第24回織田作之助賞大賞受賞作。（津村記久子）

沈黙博物館　小川洋子

「形見じゃ」老婆は言った。死の完結を阻止するために形見が盗まれる。死者が残した断片をめぐるやさしくスリリングな物語。（堀江敏幸）

注文の多い注文書　小川洋子　クラフト・エヴィング商會

バナナフィッシュの耳石、貧乏な叔母さん、小説に隠された〈もの〉をめぐり、二つの才能が火花を散らす。贅沢で不思議な前代未聞の作品集。（平松洋子）

図書館の神様　瀬尾まいこ

赴任した高校で思いがけず文芸部顧問になってしまった清（きよ）。そこでの出会いが、その後の人生を変えてゆく。鮮やかな青春小説。（山本幸久）

僕の明日を照らして　瀬尾まいこ

中2の隼太に新しい父が出来た。優しい父はしかしDVする父でもあった。この家族を失いたくない！　隼太の闘いと成長の日々を描く。（岩宮恵子）

星間商事株式会社社史編纂室　三浦しをん

二九歳「腐女子」川田幸代、社史編纂室所属。恋の行方も友情の行方も五里霧中。仲間と共に「同人誌」を武器に社の秘められた過去に挑む!?（金田淳子）

ラピスラズリ　山尾悠子

言葉の海が紡ぎだす、〈冬眠者〉と人形と、春の目覚めの物語。不世出の幻想小説家が20年の沈黙を破り発表した連作長篇。補筆改訂版。（千野帽子）

聖女伝説　多和田葉子

少女は聖人を産むことなく自身が聖人となれるのか？　著者の代表作にして性と生と聖をめぐる少女小説の傑作がいま蘇る。書き下ろしの外伝を併録。

ピスタチオ　梨木香歩

棚（たな）がアフリカを訪れたのは本当に偶然だったのか。不思議な出来事の連鎖から、水と生命の壮大な物語「ピスタチオ」が生まれる。（管啓次郎）

包帯クラブ　天童荒太

傷ついた少年少女達は、戦わないかたちで自分達の大切なものを守ることにした。生きがたいと感じるすべての人に贈る長篇小説。大幅加筆して文庫化。

つむじ風食堂の夜　吉田篤弘

それは、笑いのこぼれる夜。——食堂は、十字路の角にぽつんとひとつ灯をともしていた。クラフト・エヴィング商會の物語作家による長篇小説。

虹色と幸運　柴崎友香

珠子、かおり、夏美。三〇代になった三人が、人に会い、おしゃべりし、いろいろ思う一年間。移りゆく季節の中で、日常の細部が輝く傑作。（江南亜美子）

変半身《かわりみ》　村田沙耶香

孤島の奇祭「モドリ」の生贄となった同級生を救った陸と花蓮は祭の驚愕の真相を知る。悪夢が極限まで疾走する村田ワールドの真骨頂！（小澤英実）

君は永遠にそいつらより若い　津村記久子

22歳処女。いや「女の童貞」と呼んでほしい——。日常の底に潜むうっすらとした悪意を独特の筆致で描く。第21回太宰治賞受賞作。（松浦理英子）

アレグリアとは仕事はできない　津村記久子

彼女はどうしようもない性悪だった。すぐ休み単純労働をバカにし男性社員に媚を売る。大型コピー機とミノベとの仁義なき戦い！（千野帽子）

さようなら、オレンジ　岩城けい

オーストラリアに流れ着いた難民サリマ。言葉も不自由な彼女が、新しい生活を切り拓いてゆく。第29回太宰治賞受賞・第150回芥川賞候補作。（小野正嗣）

星か獣になる季節　最果タヒ

推しの地下アイドルが殺人容疑で逮捕!? 僕は同級生のイケメン森下と真相を探るが——。歪んだピュアネスが傷だらけで疾走する新世代の青春小説！

とりつくしま　東直子

死んだ人に「とりつくしま係」が言う。モノになってこの世に戻れますよ。妻は夫のカップに弟子は先生の扇子になった。連作短篇集。（大竹昭子）

ポラリスが降り注ぐ夜　李琴峰

多様な性的アイデンティティを持つ女たちが集う二丁目のバー「ポラリス」。国も歴史も超えて思い合う気持ちが繋がる7つの恋の物語。（桜庭一樹）

ちくま文庫

無《む》限《げん》の玄《げん》／風下《かざしも》の朱《あか》

二〇二二年九月十日　第一刷発行

著者　古谷田奈月（こやた・なつき）

発行者　喜入冬子

発行所　株式会社　筑摩書房

東京都台東区蔵前二―五―三　〒一一一―八七五五

電話番号　〇三―五六八七―二六〇一（代表）

装幀者　安野光雅

印刷所　中央精版印刷株式会社

製本所　中央精版印刷株式会社

ISBN978-4-480-43844-7 C0193